KB121951

로크미디어가
유혹하는
재미있는 세상

ROK
MEDIA
로크미디어

천외천의 주인 34

2023년 4월 12일 초판 1쇄 인쇄
2023년 4월 17일 초판 1쇄 발행

지은이 한수오
발행인 강준규

기획 이기헌 왕소현 박경무 강민구 조익현
책임편집 오영란
마케팅지원 이원선

발행처 (주)로크미디어
출판등록 2003년 3월 24일
주소 서울시 마포구 마포대로 45 일진빌딩 6층
Tel (02)3273-5135 **Fax** (02)3273-5134
홈페이지 rokmedia.com **E-mail** rokmedia@empas.com

© 한수오, 2020

값 9,000원

ISBN 979-11-408-0721-5 (34권)
ISBN 979-11-354-8621-0 04810 (세트)

이 책의 모든 내용에 대한 편집권은 저자와의 계약에 의해
(주)로크미디어에 있으므로 무단 복제, 수정, 배포 행위를 금합니다.

작가와의 협의에 의해 인지는 생략합니다.
잘못된 책은 구입처에서 바꾸어 드립니다.

한수오 신무협 장편소설

34

천외천의 주인

| 절대자絶對者 |

차례

몽고의 발호 십이 일째 날 오후   7

몽고의 발호 십삼 일째 날 오후   43

몽고의 발호 십삼 일째 날 저녁   79

몽고의 발호 십사 일째 날 새벽   119

몽고의 발호 십사 일째 날 아침   155

몽고의 발호 십오 일째 날 새벽   191

몽고의 발호 십칠 일째 날 오후   225

몽고의 발호 십이 일째 날 오후

장내에 도착한 무림맹의 고수들은 대부분이 구대문파를 비롯한 각대문파의 명숙들이었다.

그리고 그들을 선두에서 이끌고 있는 사람은 무림맹의 신임 맹주이자 소림사의 장문방장인 현각대사였고, 그 곁에는 진주언가의 당대 가주인 패권 언호량도 함께하고 있었다.

아마도 그래서였을 것이다.

장내에 도착한 무림맹의 고수들은 경악과 불신에 찬 표정으로 굳어져서 입도 벙긋 못하고 있었다.

말뚝처럼 땅에 박힌 상태로 공야무륵의 발에 하나뿐인 팔목이 밟혀서 제압당해 있는 언소보와 저만치 나가떨어져서 바닥을 뒹굴고 있는 굉우대사의 충격적인 모습이 한순간 그들의 사고를 정지시킨 것 같았다.

청천벽력처럼 너무도 갑작스럽게 어처구니없는 상황과 마주치긴 했으나, 그들도 언소보와 굉우대사가 정상이 아니라는 것쯤은 첫눈에 알아볼 수 있을 정도의 고수들이었다.

그러나 가없는 충격으로 인한 그들의 침묵은 그리 길게 가지 않았다.

상황이 그랬다.

"크르르……!"

거칠게 바닥을 구르던 굉우대사가 아무렇지도 않게 벌떡 일어나서 예의 야수 같은 으르렁거림을 흘리며 설무백을 향해 돌아섰다.

산발한 머리에 너덜너덜하게 찢긴 의복을 휘날리며 설무백에게 다가서기 시작하는 굉우대사의 두 눈에서는 핏빛 광망이 폭사되었고, 전신은 한층 더 짙어진 마기로 인해 마치 검은 불꽃이 이글거리는 듯한 모습이었다.

설무백은 즉시 단호한 목소리로 상황을 알렸다.

"보시다시피 두 분은 마교의 섭혼대법에 당해서 이지를 상실한 상태요. 회복할 방법은 없으니, 어서 선택하시오."

나서는 사람도, 대답하는 사람도 없었다.

충격에 빠진 소림사와 진주언가의 고수들은 그저 넋을 놓고 있었다.

설무백은 이내 다시 꾸짖듯 날카로운 어조로 윽박질렀다.

"뭘 그리 꾸물거리고 있는 겁니까? 설마 내 손으로 당신들의 존장을 죽이라는 겁니까!"

현각대사가 정신을 차린 듯 안색이 변해서 다급히 외쳤다.

"금강(金剛)들은 나서서 선사를 모시도록 하라!"

네 개의 잿빛그림자가 현각대사의 어깨를 타고 넘어서 앞으로 나섰다.

피풍의에 초립을 눌러쓴 네 명의 승려, 바로 소림사의 사대금강(四大金剛)이었다.

진주언가의 가주 언호량도 그제야 충격으로 망연자실하던 정신을 수습하며 반응했다.

안색을 굳힌 그는 직접 나서서 공야무륵이 제압하고 있는 언소보의 곁으로 내달렸다.

그사이, 굉우대사와 사대금강이 충돌했다.

사대금강은 달리 사대호법(四大護法)이라고도 하며, 십팔나한(十八羅漢)과 함께 소림사를 대표하는 무력으로, 대내외를 막론하고 무력이 필요한 일에 주로 나서는 무승들이다.

돌려 말하면 소림사의 승려들 중에서 최강의 고수들이라 할 수 있는데, 그들, 사대금강이 소림사의 서열 체계의 기본이 되는 항렬과 별개로 각기 불가의 동서남북 사방에서 부처의 법을 지키는 네 명의 수호신인 다문(多聞), 지국(持國), 광목(廣目), 증장(增長)이라는 사대천왕의 이름을 그대로 가지는 이유가 바로 그 때문이다.

태산북두 소림의 최고수들이라는 그들의 진면목이 마성에 물든 굉우대사와의 일장격돌에서 들어났다.

꽝─!

벽력이 치고 뇌성이 울었다.

굉우대사와 사대금강의 격돌이 만들어 낸 폭음이었다.

굉우대사와 사대금강이 동시에 밀려 나갔다.

와중에 굉우대사는 검붉은 피를 토했고, 사대금강은 초립과 피풍의가 깨지고 찢어져서 본색이 드러났다.

번지르르하게 깎은 민머리에 두 줄로 박힌 계인(戒印)들과 한쪽 소매 없는 소림사 특유의 가사(袈裟)를 걸친 그들, 사대금강은 과연 천하의 소림사가 무력이 필요한 일에 동원한다는 말을 실감할 수 있도록 온통 울퉁불퉁한 근육의 거한들이었다.

게다가 굵은 철환(鐵環)을 찬 팔뚝에서 어깨까지 푸르게 꿈틀 거리는 용문신(龍文身)이, 바로 소림무승의 절대 관문인 소림삼십육방(少林三十六房)을 돌파했다는 증표가 사뭇 위협적이었다.

그러나 거북할 정도의 위화감을 조성하는 외모와는 별개로 그들도 저마다 입가에 핏물을 머금고 있었다.

굉우대사와의 격돌로 그들 역시 상당한 내상을 당한 것이다.

"우리가 아니면 또 누가 지옥불에 뛰어들 것이냐! 크게 제도(濟度)하여 선사의 영면(永眠)을 도모하라!"

현각대사의 다급한 외침이었다.

사대금강이 즉시 반응했다.

저마다 허리에 차고 있던 삭도(削刀)를 뽑아 든 것이다.

초라한 나무 칼집에 꽂혀 있던 칼이었다.

하지만 다른 누구도 아닌 소림사의 사대금강이 뽑아 든 칼이니만큼 그 어떤 보검보다도 더 강력할 것이 자명했다.

과연 사대금강의 기세가 한층 더 고강하게 변했다.

굉우대사가 대번에 그걸 감지했는지 여전히 두 눈을 광망으로 이글거리면서도 앞서처럼 선뜻 나서지 않고 대치했다.

그때!

"크으으……!"

억눌린 신음이 장내를 가로질렀다.

언소보에게 다가선 언호량의 입에서 흘러나온 신음이었다.

앞서 언호량이 다가섰을 때, 공야무륵은 발로 밟고 있던 언소보의 팔을 놓아주며 뒤로 물러났다.

언소보가 기다렸다는 듯이 땅속에 박힌 몸을 빼내려고 부러진 그 팔을 마구 휘젓는 그 순간, 언호량은 그대로 언소보의 면전에 무릎을 꿇으며 두 손으로 언소보의 머리를 부여잡았는데, 언소보가 땅바닥을 헤집던 부러진 팔, 뼈가 드러난 손을 뻗어서 언호량의 목을 움켜잡았던 것이다.

"……숙부님!"

언호량은 울고 있었다.

애써 신음을 삼킨 그는 언소보와 이마를 맞대고 울부짖었다.

언소보의 정신을 일깨우려고 사력을 다하는 모습이었다.

하지만 무의미한 행동이었다.

지금의 언소보는 그가 아는 숙부 언소보가 아니었다.

그의 뛰어남을 알아보고 자신의 적자 대신 그를 진주언가의 가주로 추대한 숙부 언소부는 이미 죽고 없었다.

지금의 언소보는 이성을 대신한 마성의 지배를 받으며 뼈가 부러진 팔과 손으로도 어떻게든 그를 죽이려고 혈안이 되어 있는 괴물인 것이다.

"가주!"

진주언가의 명숙 두 명이 다급히 달려들어서 언호량의 목을 부여잡고 있는 언소보의 손을 떼어 내려고 했다.

분명 부러진 허연 뼈가 드러난 팔과 손임에도 불구하고 언호량의 목을 파고들어서 피를 내고 있었던 것이다.

언호량이 버럭 고함을 내질렀다.

"놔두고 물러나라!"

진주언가의 명숙들이 언호량의 호통에 못 이겨 물러났다.

언호량이 그와 동시에 고개를 숙이며 언소보의 머리를 부여잡고 있던 손에 힘을 가했다.

"크르르르……!"

언소보가 미친 듯이 몸부림쳤다.

땅바닥이 들썩이며 그의 상반신이 밖으로 삐져나왔다.

"죄송합니다, 숙부……!"

언호량이 나직한 울먹임과 함께 언소보의 머리를 끌어안았다. 그리고 그 상태로 피가 나도록 입술을 깨물며 상체를 옆으로 비틀었다.

으득—!

뼈가 으스러지는 소음과 함께 언소보의 머리가 옆으로 돌아갔다. 파닥거리던 그의 부러진 손이 거칠고 사납게 땅바닥을 긁었다.

때를 같이해서 언호량의 상체가 조금 더 옆으로 돌아갔고, 섬뜩한 소음이 울리며 언소보의 머리가 몸통에서 완전히 떨어졌다.

언호량은 몸통에서 분리된 언소보의 머리를 부둥켜안고 울었다. 진주언가의 명숙들이 일부는 힘겨워하는 그를 부축하고, 다른 일부는 땅속에 박혀 있던 언소보의 몸통을 꺼냈다.

생명의 기운이 완전히 사라진 언소보의 얼굴과 달리 그의 몸통은 여전히 꿈틀대고 있었다.

삭막하게 대치하고 있던 꿩우대사와 사대금강의 두 번째 격돌이 그 순간에 벌어졌다.

꽝—!

폭음이 터지며 사대금강의 하나, 다문이 튕겨 나갔다.

꿩우대사의 순간적인 공격에 미처 합공으로 대응하지 못한 사대금강의 뼈아픈 실책이었다.

꿩우대사는 그 틈을 놓치지 않고 재차 공격을 가했다.

"우측이다!"

광목이 다급히 소리쳤다.

굉우대사의 신형이 앞으로 쏟아지는 것으로 보였으나, 그는 광목대사가 고도의 신법으로 방향을 틀었다는 것을 보았던 것이다.

우측을 차지하고 있던 증장이 사력을 다해서 삭도를 휘둘렀다.

깡! 꽈광―!

거친 금속성과 폭음이 하나로 뒤엉켰다.

굉우대사가 증장을 노리는 사이, 증장의 반대편을 점하고 있던 지국이 굉우대사의 등을 베어 버린 것이다.

"크윽!"

굉우대사가 뻗어 낸 갈고리 같은 손을 삭도로 방어한 증장이 피를 토하며 날아갔다.

반면에 지국의 삭도가 베어 버린 굉우대사의 등은 아무렇지도 않게 멀쩡했다.

옷만 찢어져서 검붉은 등판의 피부만 드러났을 뿐이었다.

"대력금강수(大力金剛手)!"

앞서 튕겨 나갔던 다문이 증장을 날려 버린 굉우대사의 수법에 경악했다.

마성에 빠져서 이성을 잃은 굉우대사가 완벽한 소림무공을 시전할 줄은 미처 예상하지 못한 것이다.

그런데 그런 그의 외침이 굉우대사를 도발했다.

순간적으로 돌아선 굉우대사의 신형이 흐릿해지면서 사라졌다.

마치 사방으로 흩어지는 것 같은 환상이 연출되었는데, 실제는 다문을 향해 쏘아진 것이었다.

"팔괘사형보(八卦蛇形步)!"

현각대사가 알아보고 소리치며 날아올랐다.

하지만 이미 늦었다.

순간적으로 다문의 면전에 나타난 굉우대사의 신형이 좌우로 분리되는 여덟 개의 환영을 만들어서 다문을 에워싸며 동시에 검지와 중지를 붙인 쌍장을 뻗어 냈다.

소림신공 연대구품(蓮臺九品)에 이은 사자모니인(獅子牟尼印)의 절묘한 조화였다.

꽈광—!

현각대사가 도착하기도 전에 터진 폭음이 천지를 진동시켰다. 그 뒤로 찢어지는 다문의 비명이 터졌다.

"크아악—!"

다문이 칠공에서 피 흘리며 주저앉았다.

간발의 차이로 늦게 도착한 현각대사가 합장한 손을 좌우로 펼쳤다.

그의 손이 수백 개로 늘어나서 그만큼의 손 그림자를 일으키며 사방으로 쏘아졌다.

소림비전 천수여래장(千手如來掌)이었다.

꽈광-!

거친 폭음이 터지며 다시금 천지가 진동했다.

여덟 개로 늘어났던 굉우대사가 스르르 하나로 모여서 피를 토하며 현각대사를 노려보았다.

그 틈에 그의 좌우로 다가선 광목과 증장이 삭도를 휘둘렀다. 한없이 늘어난 도기가 굉우대사의 목과 허리를 훑었다.

카강-!

굉우대사의 목과 허리는 베어지지 않았다.

그저 거친 금속성과 함께 불꽃이 튀었을 뿐이었다.

대신 삭도를 휘두른 광목과 증장이 저마다 여파를 감당하지 못한 듯 손목을 부여잡으며 물러났다.

"크아아아우……!"

굉우대사가 짐승처럼 포효하며 흐릿하게 사라졌다.

"여래신보(如來神步)!"

굉우대사의 신형이 반으로 나뉘어져서 좌우로 흩어지는 환영을 일으켰으나, 현각대사는 그게 소림비전 여래신보의 후광이고, 진짜 그의 신형은 그 누구도 아닌 뒤쪽의 설무백을 향해 쏘아지고 있다는 사실을 간파하며 다급히 경고했다.

"피하시오!"

설무백은 피하지 않았다.

그저 무심하게 바라보고 있다가 불쑥 손을 내밀었다.

놀랍게도 그 손에 형체가 보이지 않을 정도로 빠르게 쇄도하던 굉우대사의 목을 잡혔다.

"컥!"

굉우대사가 몸부림치며 검은 기류와 금광이 뒤섞인 두 손으로 설무백의 손목을 잡고 비틀었다.

설무백은 다른 손을 내밀어서 굉우대사의 두 손을 차례대로 잡아채 하나로 묶어 버린 것처럼 움켜쥐었다.

"크아아아……!"

굉우대사가 미친 듯이 포효했다.

광망으로 이글거리는 그의 두 눈에서 핏물이 흘러내렸다.

설무백은 그에 아랑곳하지 않고 두둥실 허공으로 부상했다. 그리고 한순간 굉우대사를 사납게 바닥으로 패대기쳤다.

쿵―!

땅이 진동하며 거대한 웅덩이가 파였다.

단순한 완력으로 패대기친 것이 아니라 무지막지한 내력을 담아서 패대기쳤던 것이다.

그러나 굉우대사는 별다른 타격을 입은 것 같지 않았다.

잠시 주춤했을 뿐, 이내 솟구쳐 올라서 웅덩이를 벗어나며 예의 야수 같은 으르렁거림 흘리며 설무백을 마주했다.

"크르르르……!"

설무백은 그런 굉우대사를 태연하게 외면하며 현각대사를 향해 물었다.

"보다시피 이분은 저를 노립니다. 막아서는 적을 상대하긴 하지만, 기본적으로 저를 처치하라는 명령을 수행하려고 드는 겁니다."

굉우대사가 다시금 흐릿하게 사라졌다.

전광석화처럼 빠르게 설무백을 향해 돌진하는 것이다.

설무백은 재차 손을 내밀었다.

앞서와 마찬가지로 아무것도 없는 것 같던 그의 전면에 굉우대사의 모습이 나타났다.

또다시 그의 손아귀가 굉우대사의 목을 움켜잡았다.

설무백은 그 상태로 하던 말을 마저 했다.

"어떻게 할까요? 다시 놓아주면 처리할 수 있겠습니까?"

현각대사는 그저 넋이 나간 모습으로 설무백의 손아귀에서 발버둥치는 굉우대사를 바라보고 있었다. 그러다가 그의 질문에 정신을 차린 듯 선혈이 낭자한 모습으로 나가떨어진 증장과 다문, 그리고 입가로 피를 흘리고 있는 광목과 지국를 일별하고는 지그시 입술을 깨물며 설무백을 향해 합장했다.

"아미타불……! 부디 선사의 귀천을 도와주십시오."

설무백은 즉시 다른 손도 내밀어서 굉우대사의 목을 움켜잡았다. 그리고 전신의 공력을 끌어 올리며 힘을 썼다.

쩌억-!

섬뜩한 소음이 울리며 막무가내로 발버둥치는 굉우대사의 머리와 몸통이 분리되었다.

검붉은 핏물이 허공을 적시고 있었다.

머리가 떨어졌음에도 여전히 허우적거리는 굉우대사의 몸이 섬뜩하다 못해 괴괴한 모습으로 장내에 있는 모든 이들을 절로 경직시켰다.

설무백은 그에 아랑곳하지 않고 서서히 하강해서 지상으로, 현각대사의 면전으로 내려섰다.

양손에 쥐고 있는 굉우대사의 머리와 몸통을 현각대사의 면전에 내려놓은 그는 장내의 모두를 둘러보며 지극히 사무적인 어조로 냉정하게 말했다.

"앞으로도 이런 일이 자주 있을 겁니다. 미리 밝혀 두는데, 그때는 지금처럼 제가 허락을 구하는 일은 없을 테니, 다들 그리 아십시오."

설무백의 말을 듣고 이의를 제기하는 사람은 아무도 없었다. 아니, 어쩌면 다들 너무나도 충격적인 상황에 넋이 나가서 아무런 생각을 할 수 없는 것인지도 몰랐다.

설무백은 상관하지 않았다.

허락을 구하려는 것이 아니라 선언일 뿐이었다.

이유 여하를 막론하고 오늘과 같은 사태는 한 번으로 족하다는 것이 그의 생각이었다.

그때 나서는 사람이 있었다.

"한 가지 궁금한 것이 있어요."

남궁유화였다.

지금 장내에는 무림맹의 고수들이 속속들이 도착하는 중이었고, 그녀도 그중의 하나였다.

　설무백이 승낙의 뜻으로 시선을 주자, 그녀가 물었다.

　"정말로 쾌활림은 그대로 두려는 건가요?"

　무심하게 남궁유화를 바라보던 설무백은 슬쩍 이맛살을 찌푸렸다.

　그는 그녀가 아니라 주변으로 집결한 구대문파 이하 각대문파의 존장들과 명숙들을 둘러보고 나서 되물었다.

　"이번 공격은 무림맹이 주도하고 나와 풍잔은 그저 당신의 요청으로 약간의 도움을 주는 것이 아니었나?"

　그랬다.

　애초에 이번 무림맹의 공격은 그가 아니라 무림맹이 주도하는 작전이었다.

　적어도 그게 그의 생각이었고, 그는 분명히 남궁유화에게 그와 같은 자신의 의중을 엄중히 주지시켰다.

　그런데 지금 남궁유화의 말은 이번 공격이 무림맹이 아니라 그의 주도로 이루어진 것임을 내포하고 있지 않은가.

　현각대사를 비롯한 장내의 모두가 어리둥절한 기색으로 설무백과 남궁유화를 번갈아 보았다.

　두 사람의 미묘한 대화로 그들도 어느 정도 눈치를 챈 것이다.

　남궁유화가 의미심장하게 웃으며 추호도 망설임 없이 설무백의 의중에 반하는 사실을 털어놓았다.

"굳이 내숭…… 아니, 감출 필요 없어요. 이미 모든 분들에게 사실을 밝혔으니까요. 당신의 입장에선 그게 편했는지 몰라도, 저는 그게 오히려 부담스러웠어요."

그녀는 어색하게 웃는 낯으로 슬쩍 현각대사 등 구대문파의 장문들을 일별하며 변명처럼 말을 덧붙였다.

"순전히 저의 계획이었다면 다른 분들이 이렇듯 적극적으로 나설지 장담할 수 없었고요."

설무백은 쓰게 입맛을 다셨다.

그건 또 그가 미처 생각해 보지 않은 그녀의 입장이었다.

"이번 일에 그런 사연이 있었던가?"

현각대사가 끼어들며 어색한 미소를 흘렸다.

무언가 속았다는 기분에 불쾌해하는 것이 아니라 그저 멋쩍어하는 태도였다.

다른 사람들도 그랬다.

순전히 자신의 의견이었다면 다들 이번 일에 동조하고 나서지 않을 수도 있었다는 남궁유화의 의견에 공감하는 표정들이었다.

그런 그들을 대표하듯 자타가 무당속가제일인으로 인정하는 산동대협 천기곤 용수담이 나서며 말했다.

"남궁 군사의 입장이 이해되는군. 개방이 전날 흑도천상회의 공격으로 크게 당한 마당에 무림맹이 단독으로 천사교를 공격하는 것은 다들 부담스럽게 생각했을 테지."

그는 현각대사에게 넌지시 동의를 구했다.

"안 그렇습니까, 맹주님?"

현각대사가 헛기침을 하고는 어색한 미소를 흘리며 동의했다.

"과연 그랬을 것 같구려. 부끄럽지만 빈승부터가 이번 계획이 설 대협의 주도가 아니었다면 매우 망설였을 것이오."

장내에 집결한 대부분의 명숙들이 고개를 끄덕이는 것으로 수긍을 표시했다.

다들 내색을 삼갔고 있었을 뿐, 같은 생각을 가지고 있었는데, 작금의 무림맹을 이끄는 맹주이기 이전에 대소림사의 장문 방장이 부끄러움을 무릅쓰고 먼저 속내를 드러낸 마당에 더는 감출 이유가 없는 것이다.

설무백은 못내 쓰게 입맛을 다셨다.

그러면서 은연중에 남궁유화에게 전음을 날렸다.

―예나 지금이나 당신은 사람을 난처하게 만드는 재주가 있군.

남궁유화가 전음으로 답했다.

―내친김에 조금만 더 참아 주세요.

―그게 무슨……?

설무백이 의미를 몰라서 어리둥절해하는데, 남궁유화가 대뜸 현각대사를 비롯한 장내의 존장들과 명숙들을 향해 더없이 정중하게 공수하며 말했다.

"부족한 저의 행동을 너그럽게 이해해 주셔서 감사합니다.

앞으로 다시는 이런 식의 기만은 없을 것이라고 약속드립니다. 제아무리 절실하게 필요한 일이었다고는 하나, 기만으로 동료를 선동한 것은 분명 옳지 않은 일이었습니다. 해서, 내친김에 한 가지 더 고백하겠습니다."

설무백은 불현듯 뇌리를 스치는 생각이 있어서 다급히 남궁유화를 말리려 들었다.

-남궁 소저!

남궁유화는 단호한 표정으로 그의 전음을 무시했다. 그리고 주변의 모든 사람들을 향해 공수한 상태 그대로 깊이 고개를 숙이며 말했다.

"사실 저는 그동안 여기 설 공자와 밀약을 맺고 서로 정보를 교환하고 있었습니다."

장내가 술렁거렸다.

장내의 모두가 저마다 적잖은 충격을 받은 모습으로 놀라거나 당황한 모습들이었다.

남궁유화는 그게 아랑곳하지 않고 계속 말했다.

"애초의 목적은 무림맹의 내부에 잠입한 마교의 간세를 발본색원하고, 더 나아가 마교에게 보다 효율적으로 대처하기 위한 방편이었습니다. 하지만 이는 엄연히 저에게 군사의 지위를 허락하신 맹주님 이하 모든 어른들을 기만하는 행위였음이 분명합니다. 따라서 저는 군사의 지위에서 내려옴은 물론, 차제에 그에 따른 어떠한 처벌도 기꺼이 감수할 생각이니, 여러 어른들께서는 지금 이 자리에서 혹은 나중에라도 마땅한 처벌을 행사해 주시기 바랍니다."

나서는 사람은 없었다.

다들 그저 놀라고 당황한 모습으로 서로서로 눈치를 보기에 바빴다.

이게 과연 처벌해야 할 일인지 아닌지 선뜻 판단을 내리기 어려워하는 모습들이었다.

그때 문득 희여산이 나섰다.

"뭐야?"

그녀는 불쾌한 표정으로 남궁유화를 쳐다보며 재우쳐 말했다.

"그렇게 너 혼자 나서서 다 뒤집어쓰면 우리가 잘했다고 박수라도 쳐줄 줄 알았냐?"

장내가 다시금 크게 술렁거렸다.

장내의 모두가 처음에는 희여산이 너무 박하게 구는 것 같다는 표정으로 바라보다가 이내 그녀의 말에 담긴 의미를 깨달은 듯 어리둥절해하는 기색으로 변하고 있었다.

그때 이번엔 남궁유아가 나서며 희여산의 말에 동의했다.

"그러게. 넌 가끔 너무 주제넘게 구는 경향이 좀 있어."

장내의 모두가 이제야 무언가 직감한 듯 묘하게 일그러진 표정으로 그녀들을 번갈아 보았다.

현각대사가 그런 좌중을 대변하듯 희여산과 남궁유아를 번갈아 보며 물었다.

"두 분 대주도 남궁 군사와 함께했다는 것이오?"

"예."

희여산이 바로 대답하자, 남궁유아가 부연했다.

"백선이라고 해요. 선주는 유화지만 저와 희 대주도 같이했습니다. 그리고……."

남궁유아가 말꼬리를 늘이며 주변을 둘러보았다. 그러다가 이건 아니다 싶은 기색으로 변해서 시선을 바로 하는 참인데, 기다렸다는 듯이 나서는 사람이 있었다.

"저도 백선의 일원으로 군사를 도왔습니다."

화산속가인 독화랑 사공척이었다. 그리고 그 뒤를 이어 여기저기서 거수하고 나서는 사람들이 있었다.

"저도 백선의 일원입니다!"

"저도……!"

"저도……!"

남궁유화가 그동안 포섭한 백선의 일원들이었다.

거의 대부분이 구대문파의 속가제자들이거나 각대문파의 요직을 차지한 인물들, 그리고 무림세가의 자제들이었는데, 하나같이 주목받는 신성들이었다.

"혹시나 해서 말씀드리자면……."

남궁유아가 머쓱한 표정으로 현각대사 등의 시선을 마주하며 설명했다.

"이들 중에는 설 공자가 모르는 사람이 더 많습니다. 필요에 따라 우리들이 선별한 사람들이니까요. 그리고 굳이 한 말씀 더 드리자면, 무림맹에 잠입해 있는 마교의 간세들을 색출하는 데 설 공자가 전해 준 정보가 매우 큰 도움이 되었습니다."

"사실입니다."

희여산이 기꺼이 남궁유아의 말에 동의하며 재우쳐 말했다.

"그러니 남궁 군사가 물러난다면 우리도 물러나야 합니다."

"아니, 그건……!"

남궁유화가 곤혹스러운 표정으로 급히 입을 여는데, 남궁유아가 재빨리 말을 가로채며 희여산의 말에 동의했다.

"그게 합당합니다!"

현각대사가 난감한 표정, 조언을 구하는 눈빛으로 좌중을 둘러보았다. 하지만 선뜻 나서는 사람은 아무도 없었다.

아니, 정확히는 구대문파의 장문인들과 각대문파의 명숙들은 현각대사의 시선을 피하기에 바빴다.

남궁유화 한 사람이라면 또 모를까, 남궁세가를 대표하는 남궁유아와 아미파를 등에 업은 희여산에 더해서 지금 나선 구대문파와 속가제자들과 각대문파의 신성들까지 내치는 것은 실로 무림맹의 전력에 막대한 타격임을 알기 때문이다.

그때 설무백이 나서며 결정타를 날렸다.

"백선은 마교를 상대하기 위해 서로 도움을 주고받는 사이였을 뿐, 다른 목적을 가지지 않았습니다. 그럼에도 처벌이 불가

피하다면, 좋습니다. 솔직히 말해서 저는 환영입니다. 다들 곁에 두고 함께한다면 지금까지보다 더 유용할 쓸 수 있는 재목들이니까요."

"······!"

장내가 찬물을 끼얹은 것처럼 조용해졌다.

남궁유화와 남궁유아, 희여산을 제외하고도 사공척에 이어서 나선 백선의 일원이 적어도 이십여 명이나 되었다.

게다가 그들 모두가 자파에서 주목받고 있는 신성들이었다.

그들 모두를 설무백에게, 정확히는 어쨌거나 정사지간의 문파로 치부되는 풍잔에 내준다는 것은 정말 있을 수 없는, 아니, 있어서는 안 되는 일이었다.

일순, 누군가 그 마음을 밖으로 표출했다.

"그건 절대로 아니 될 말입니다, 맹주임! 우선은 전력을 보존하시고, 적과 내통한 사안에 대해서는 나중에 따로 그에 대한 처우를 정하는 것이 좋을 듯합니다, 맹주님!"

현각대사에게 건네는 말이었다.

현각대사를 비롯한 좌중의 모든 시선이 언성을 높여 주장하는 사람에게 쏠렸고, 설무백도 따라서 시선을 주었다.

칠 척의 거구를 자랑하는 노인이었다.

얼추 칠십대로 보이는데, 그 나이와 어울리지 않게 장대한 채구와 부리부리한 호안이 이채로웠다.

설무백은 바로 상대, 노인의 정체를 알아볼 수 있었다.

하남성의 낙양(洛陽)에서 제법 방귀깨나 낀다고 알려진 철혈방(鐵血幇)의 방주 심상보(沈湘報)였다.

낙양은 대대로 중소문파들의 경합지로 유명했고, 작금의 상황도 그와 같아서 여덟 개의 중소문파가 실권을 나누고 있는데, 그중에서 선두를 다투는 세력이 바로 철혈방인 것이다.

'별호가 철갑신(鐵鉀身)이었지 아마?'

설무백이 내심 '철갑신이지'가 아니라 '철갑신이었지'라는 식의 과거형으로 생각한 이유는 달리 없었다.

지금 언성을 높이며 나선 자는 철혈방주 철갑신 심상보가 아니었다.

아니, 어쩌면 심상보가 맞을 수도 있지만, 적어도 본래의 심상보는 아닐 터였다.

지금 심상보에게서는 애써 억누르고 있는 고도의 마기가 느껴졌기 때문이다.

절로 싸늘해진 설무백은 선뜻 대답하지 못하고 머뭇거리는 현각대사의 대답을 가로채고 나서며 심상보를 향해 물었다.

"당신에게는 내가 적인가?"

심상보가 적이 당황하는 기색이다가 이내 안색을 굳히며 차갑게 대꾸했다.

"적이라고까지는 할 수 없지만, 아군으로 여기기에는 아직 모호한 면이 있는 건 사실이지 않소!"

그러고는 곁에 서 있는 점창파의 여진소와 종남파의 부약도

등에게 동의를 구했다.

"안 그렇소이까?"

설무백은 여진소와 부약도가 대답하기 전에 먼저 말했다.

"제법이네? 내게 적대감을 가진 사람들을 정확히 파악하고 있는 걸?"

"그, 그게 무슨……?"

심상보가 매우 당황했다.

다른 사람들은 거의 대부분이 무슨 말인지 몰라서 그저 어리둥절해하는 반응이었다.

그때 희여산이 전광석화처럼 뽑아 든 칼로 심상보의 목을 쳤다.

사각-!

섬뜩한 소음과 함께 떨어진 심상보의 머리가 바닥을 굴렀다.

그야말로 신음조차 지를 수 없었던 죽음이었다.

바닥을 구르는 심상보의 머리와 쓰러진 몸에서는 피가 흐르지 않았다.

극강의 음한지기를 내포한 그녀의 검이 베어진 단면을 하얗게 얼려 버린 까닭이었다.

취릭-!

심상보의 머리와 목에서 뒤늦게 꾸물꾸물 흘러나온 핏물이 바닥으로 스며드는 가운데, 희여산이 수중의 칼을 허공에 휘둘러 피를 털어 내고 갈무리하며 설무백을 향해 변명처럼 말했다.

"이놈처럼 꽁꽁 숨어 있는 놈은 밝혀내기 쉽지 않아서……."

장내는 찬물을 끼얹은 것처럼 조용했다.

희여산이 설무백에게 건넨 말은 철혈방주 심상보가 마교의 간세라는 뜻을 내포하고 있기 때문에 그랬다.

졸지에 벌어진 사태로 인한 놀람의 시간은 스쳐 지나가는 바람처럼 잠시에 불과했으나, 선뜻 단정 지을 수 없는 감정의 굴곡이 모두의 말문을 막고 있는 것 같은 분위기였다.

설무백은 그런 분위기에 휩쓸리지 않았다.

다만 뻔히 보이는 사태를 직시하지 못하는 것 같아서 내심 고소를 금치 못할 뿐이었다.

그는 어디까지나 무심하고 냉정한 태도로 그들을 다그쳤다.

"죄송스럽지만 무언가 결정을 내리실 요량이라면 서둘러주십시오. 시간이 아깝습니다."

말로는 죄송스럽다고는 하지만 전혀 죄송스러워하지 않는 태도였다.

오히려 도발적으로 느껴지는 모습인데, 누구 하나 고깝게 보며 눈살을 찌푸리는 사람은 없었다.

장내의 주도권은 이미 설무백에게 넘어간 상태이며, 모두가 이미 그걸 충분히 인지하고 있었다.

현각대사가 침묵을 깨며 물었다.

"그가 마교의 간세인 것이오?"

설무백은 대답 대신 손을 뻗어서 바닥을 구르다가 멈춘 심상보의 머리를 가리켰다.

"음!"

현각대사가 침음을 흘렸다.

설무백의 손짓에 따라 심상보의 머리를 바라본 모두가 당황스러운 표정으로 침음을 흘리고 있었다.

심상보의 얼굴이 전혀 다른 사람의 얼굴로 변해 있었기 때문이다.

변체환용술이었다.

지금 희여산의 손에 죽은 심상보는 진짜 심상보가 아니라 심상보를 죽이고 고절한 변체환용술로 심상보 노릇을 하고 있던 마교의 간세였던 것이다.

현각대사가 물었다.

"어찌 알아본 것이오?"

설무백은 대수롭지 않게 대답해 주었다.

"어쩌다 보니 마기를 느끼는 재주를 얻었지요."

현각대사의 시선이 희여산에게 돌아갔다.

"희 대주도……?"

"아니요."

희여산이 고개를 저으며 설무백을 바라보았다.

"저는 방금 목을 치라는 전음을 받았을 뿐입니다."

현각대사가 이채로운 눈빛을 드러내며 물었다.

"아무런 사전 언질도 없이 그렇게 따를 정도로 설 공자를 믿는다는 것인가?"

희여산이 추호도 망설임 없이 대답했다.

"예. 믿을 수 있는 사람이니까요."

"그런가?"

"그렇습니다."

현각대사가 가만히 고개를 끄덕이며 뜸을 들이다가 이내 좌중을 돌아보며 의견을 물었다.

"군사는 물론, 남궁 대주와 희 대주 등을 내칠 수 없다는 것이 본인의 생각이오. 여러분들의 의견은 어떻소?"

선뜻 대답하는 사람이 없었다.

구대문파의 장문인들과 각대문파의 존장들은 수긍하는 빛으로 힘겹게 고개를 끄덕이는 것이 다였고, 나머지 명숙들은 서로서로 눈치를 보느라 여념이 없었다.

와중에 한 사람이 불쑥 나섰다.

"현 상황에서 그건 무의미한 질문인 것 같습니다, 맹주."

무당속가제일인이자, 산동대협으로 불리는 장대한 체구의 중년인, 천기곤 용수담이었다.

현각대사기 시선을 주자, 그가 어색한 미소를 보이며 말을 덧붙였다.

"죽었다 깨어나도 군사는 물론, 남궁 대주와 희 대주 등을 내칠 수 없는 것이 현 무림맹의 입장입니다. 그 점을 참고하시고 맹주께서 뜻대로 의견을 내시는 게 좋을 것 같습니다."

천외천의
주인

현각대사가 묵묵히 고개를 끄덕이며 새삼스럽게 좌중을 둘러보았다.

대부분의 고수들이 그를 따라하듯 고개를 끄덕이고 있었다.

현각대사는 그제야 마음을 다잡은 듯 안색을 굳혔다. 그리고 설무백이 아니라 남궁유화 등에게 시선을 주며 말했다.

"들었다시피 모든 명숙들의 의견이 그러하고, 본인의 뜻 또한 그러하니, 지난 일은 없던 것으로 할 것인 바, 차제에는 그런 일이 절대 없도록 주의해 주길 바라네."

모르긴 해도, 그가 정작 답변을 재촉한 설무백이 아니라 묵묵히 자신들의 처우를 기다리는 남궁유화와 남궁유아, 희여산 등을 향해 말한 것은 나름의 자존심일 것이다.

실제 속내나 감정이 어떻든지 간에 명색이 무림맹주의 자리에 있는 인물이 다른 사람이 조성한 위화감에 굴복하는 모습은 보일 수 없었을 것이다.

남궁유화가 대답에 앞서 설무백을 보았다.

못내 의견을 묻는 눈빛이었다.

설무백은 침묵했다.

현각대사의 체면을 위해서라도 그가 나설 수는 없다는 판단이었다.

남궁유화가 그런 그의 속내를 읽은 듯 곧바로 현각대사를 향해 공수했다.

"너그럽게 용서해 주셔서 감사합니다. 깊이 뉘우치며 반성하고, 차제에는 절대 그런 일이 없도록 주의하겠습니다."

"그리하게. 기대하겠네."

불가피한 용서와 또한 그만큼이나 뻔한 사과였으나, 현각대사는 아무렇지도 않게 활짝 웃는 낯으로 마주 합장하며 남궁유화의 사과를 받아 주었다.

설무백은 자신도 모르게 내심 감탄했다.

다른 사람의 눈에는 현각대사의 행동이 위선으로 보일지 몰라도, 그의 눈에는 오히려 깊은 수행의 힘으로 느껴졌다.

이해득실을 따져서 이득이 되는 일을 수용한 것이 무슨 대수냐고 말할 수도 있겠으나, 그게 홀로 은밀하게 결정하는 것이 아니라 모두가 보는 앞에서 내리는 결정이기에 그랬다.

현각대사는 작금의 결정이 여차하면 지금 나서지 않고 뒤로 빠진 모든 사람들의 지탄을 한 몸에 받을 수 있는 일임을 알면서도 기꺼이 수용한 것이다.

'역시 소림사!'

설무백은 내심 감탄하며 소림사의 저력을 인정하다가 다부지게 변한 남궁유화의 시선과 마주쳤다.

남궁유화는 못내 현각대사의 기대에 부응하고 싶은 모양이었다. 아직 뒤숭숭한 좌중의 분위기가 가라앉지 않은 마당임에도 주저하지 않고 곧바로 본론을 꺼냈다.

"이제 대충 제 입장이 홀가분해진 것 같네요. 그러니 이제 그만 앞서 그쳤던 얘기를 다시하고 싶은데, 괜찮죠?"

설무백은 수긍하지 않을 수 없었다.

"좋을 대로.."

남궁유화가 거두절미하고 자신의 예상을 확인했다.

"이 자리에 늦은 이유가 혹시 모를 쾌활림의 동향을 살피기 위함이라고 들었어요. 제가 보기에 그건 아마도 그들이 다음 표적이기 때문이라고 생각되는데, 그런가요?"

설무백은 인정했다.

"그렇소."

남궁유화가 바로 물었다.

"시기는요?"

설무백은 픽, 웃었다.

"그것도 이미 짐작하고 있지 않소."

남궁유화가 못내 놀란 기색을 드러내며 확인했다.

"역시 지금이라는 건가요?"

설무백은 고개를 끄덕이며 인정했다.

"지금이 최적의 시간이라고 생각하오."

"그게 무슨 말도 안 되는······!"

누군가 황당하다는 태도로 말하다가 주변의 시선이 쏠리자 움찔 자라목이 되었다.

지난날 흑도천상회의 공격으로 인해 흐트러진 총단을 수습하느라 나서지 못한 개방방주 취죽개를 대신해서 몇몇 개방의 고수들을 이끌고 나선 소봉이었다.

"아니, 나는 그저 지금 우리도 적잖은 타격을 입은 마당이라 너무 무리가 아닌지 해서……!"

"빈도도 같은 생각이오."

화산파의 장문인 적엽진인이 소붕의 변명에 동의하며 나섰다.

"우리가 설 대협의 지원에 힘입어 대승을 거두긴 했으나, 그렇다고 사상자가 없는 것은 아니오. 돌아가신 분도 적지 않을 뿐만 아니라, 거의 대부분이 크고 작은 상처를 입었소. 이대로 저들을 치는 건 무리라고 생각하오."

"본인도 같은 생각이오."

건장한 체구에 부리부리한 호안을 가진 노인이 나서며 적엽진인의 의견에 동조했다.

황보세가의 가주인 청풍월도 황보강이었다.

앞으로 한 발짝 나서는 것으로 좌중의 이목을 끈 그는 자못 단호하게 자신의 의견을 피력했다.

"게다가 우리는 아직 죽은 분들의 시신조차 수습하지 못했소. 이유 여하를 막론하고 본인은 식구들의 시신을 이대로 두고 떠날 수는 없소."

곧바로 반대하는 의견이 나왔다.

"죽은 사람 때문에 산 사람의 대사를 그르치자는 말이오?"

성마르고 호전적인 성격으로 유명한 종남파의 장문인 맹검수사 부약도였다.

언성을 높인 그는 매서운 눈빛으로 황보강을 노려보고 있었다.

본산이 괴멸된 이후부터 그 누구보다도 절실하게 마교와의 싸움에 임하는 그의 입장에선 황보강의 주장이 배부른 소리로 들리는 것이다. 그리고 그런 그의 태도에 호응하며 적극 동조하는 사람이 있었다.

그와 마찬가지로 마교의 공격에 본산이 괴멸당하고 장문인까지 잃은 점창파의 장문대리 급풍쾌검 여진소가 바로 그였다.

"본인도 부 장문인의 생각에 동의하오."

황보강이 거세게 항변했다.

"여기서 대사를 그르친다는 얘기가 왜 나오는 거요? 본인은 지금 싸움을 포기하자는 얘기가 아니오! 갈 때 가더라도 최소한 식구들의 시신을 수습할 시간을 달라는 소리외다!"

"그 말이 그 말인 거요."

"어째서 그 말이 그 말이라는 거요?"

"무릇 싸움의 승패를 가르는 요인 중 가장 중요한 것은 바로 시기요. 싸움에서 시기를 놓치면 끝이오. 절대 좋은 꼴을 볼 수가 없소. 다 아실 만한 분이 왜 그러시오?"

"아니, 그게 무슨 말도 안 되는 억지! 식구들의 시신을 수습하는 데 하루가 걸리오, 이틀이 걸리오? 고작해야 한나절이면 끝날 일을 가지고 무슨 그렇게까지 비약을 하고 그러시오!"

"지금 억지는 본인이 아니라 가주가 부리는 거요! 우리가 저마다 식구들의 시선을 수습하고 주변을 정리하면 가주의 말마따나 최소한 한나절 이상은 걸릴 거요! 그래서 하는 말이오! 그 시간이면 여기 싸움과 일패도지한 천사교의 상황이 저들의 귀에 충분히 들어갈 것이 아니겠소! 그러면 우리는 시기를 놓치는 것이오! 저들이 바보가 아닌 이상 대비하지 않을 리 없지 않소!"

"그래 봤자 한나절이오, 한나절! 한나절에 대비를 하면 대체 얼마나 할 수 있겠소!"

대번에 장내가 왁자지껄 소란스럽게 변했다.

대놓고 마주서서 언쟁을 하는 사람만이 아니라 좌중 모두가 의견이 갈려서 저마다 자신의 주장을 내세우느라 시장터가 따로 없었다.

그때!

쿵―!

묵직한 소음이 울리며 땅바닥이 진동했다.

현각대사가 수중에 쥐고 있던 녹색의 지팡이를, 바로 소림장문인의 신물인 녹옥불장(綠玉佛杖)에 내력을 담아서 지면을 두드린 결과였다.

장내가 조용하게 가라앉았다.

언쟁을 멈춘 좌중의 모두가 현각대사를 바라보고 있었다.

현각대사가 그런 좌중의 시선을 외면하고 남궁유화를 바라보며 물었다.

"군사의 생각은 어떻소?"

남궁유화가 조심스럽게 되물었다.

"솔직하게 대답해도 되는지요?"

현각대사가 고개를 끄덕였다.

"당연히 그래야지요."

남궁유화가 허락을 받고서도 잠시 뜸을 들이다가 슬며시 고개를 돌려서 설무백을 바라보며 말했다.

"이번 계획을 주도한 사람은 다른 누구도 아닌 저기 저 설 공자입니다. 해서, 저는 설 공자의 의견을 듣고 싶습니다."

"과연 그렇군."

현각대사가 별다른 거부감 없이 수긍하며 설무백을 향해 멋쩍은 미소를 드러냈다.

"누가 뭐래도 이번 일을 주도한 사람은 설 공자인데, 쓸데없이 우리가 설레발을 치고 있었네그려. 미안하오만 이제라도 설 공자의 의견을 들어 볼 수 있겠소?"

설무백은 대수롭지 않게 어깨를 으쓱이며 대답했다.

"한나절도 필요 없지요. 지금쯤 벌써 전사교가 무림맹의 기습에 일패도지했다는 소식이 그들에게 전해졌을 겁니다. 그래서 나름 철저히 대비하려 들 텐데, 공교롭게도 무림맹 역시 적잖은 타격을 입었다는 소식도 같이 들었을 거란 말이지요."

현각대사가 문득 예리해진 눈빛을 드러내며 질문도 아닌 말을 받아서 중얼거렸다.

"결국 대비가 소홀할 거라는 얘기구려."

"저들은 절대 지금이라고 생각하지 못할 겁니다. 그러니 저들을 공격한다면 지금이 적기라고 생각합니다."

설무백은 확정적으로 대답했다. 그리고 현각대사 등 무림의 고수들에게는 더없이 충격적일 수도 있는 말을 덧붙였다.

"참고로 말씀드립니다만 무림맹은 나서지 않아도 좋습니다. 쾌활림를 치는 일에는 이미 다른 친구들을 동원했으니까요."

현각대사가 고개를 갸웃하며 물었다.

"다른 친구들이라면……?"

설무백은 간단명료하게 대답했다.

"녹림과 장강, 그리고 황하수로연맹입니다."

몽고의 발호 십삼 일째 날 오후

"어디?"

쾌활림의 새로운 총단이었다.

전에 없이 이른 새벽에 찾아와서 잠을 깨운 독심광의 구양보의 보고를 받던 사도진악은 볼썽사나울 정도로 이맛살을 찌푸렸다.

무림맹이 천사교의 총단을 기습했다는 얘기는 전부터 이미 이제나저제나 하며 예의 주시하던 상황이었기에 별반 놀라울 것도 없는 얘기였지만, 천사교가 일패도지했다는 사실은 그에게 적잖은 놀라움을 주었다.

그러나 그보다 그의 심기를 긁은 것인 그 이후에 구양보가 덧붙인 중원의 동향이었다.

"녹림과 장강?"

"예. 또한 황하수로연맹의 움직임도 예사롭지 않았습니다."

사도진악은 이해할 수 없다는 표정을 지으며 물었다.

"걔들은 벌써 오래전부터 자중지란으로 정신 못 차리고 있잖아? 그런 애들의 움직임이 뭐가 예사롭지 않다는 거지?"

구양보는 대답에 앞서 이마에 흐르는 진땀부터 닦았다.

그가 아는 사도진악은 기본적으로 세세한 면을 따지기 좋아하는 사람이라 매사에 그 자신이 인지하지 못한 새로운 변화에 대해서는 이런 식으로 꼬투리를 잡고 부정부터 하며 '사실을 제시하라, 증거를 보이라'고 그를 닦달하는 것이다.

게다가 사실과 증거를 제대로 들이대도 사도진악을 설득하기란 결코 쉽지 않았다.

자신이 아는 것 이외의 것은 제아무리 논리적인 얘기라도 우선 터부시하며 쉽게 인정하지 않는 사람이 사도진악이었기 때문이다.

그러나 그렇다고 해서 대답을 하지 않을 수도 없었다.

쉽게 물러나면 그건 또 그것대로 사도진악의 심기를 건드리는 일이었다.

즉, 그게 무슨 일이든 확실하지 않으면 절대적으로 언급을 자제해야 하는 사람이 바로 사도진악인 것인데, 하필이면 이번 일의 경우에는 심증만 있을 뿐, 물증이 없는 것이다.

"에, 그러니까, 그게…… 제가 판단하기로 녹림맹의 경우 자중지란은 이미 오래전에 끝났습니다."

사도진악이 말꼬리를 잡았다.

"그런 애들이 사방 천지에 근본도 없는 산적과 마적이 들끓고 있는데도 내내 어딘가에 틀어박혀서 쥐 죽은 듯이 잠잠히 코빼기도 내비치지 않는다는 거야?"

"빈민 구제는 나라님도 못 한다는 말이 있지 않습니까. 요즘처럼 어지러운 상황에서 그깟 조무래기들의 일까지 참견한다면 그게 오히려 녹림맹답지, 아니, 산신군답지 못한 일이지요."

"……."

사도진악이 침묵했다. 조금 넘어온 기색이었다.

구양보가 이때다 싶은 표정으로 말을 이어 나갔다.

"없는 것들이 있는 척하는 겁니다. 허장성세(虛張聲勢)라고 하지요. 그런데 그동안 산신군은 외부에서 벌어지는 일에는 눈길도 주지 않고 죽은 듯이 칩거하고만 있었습니다. 권토중래(捲土重來)를 위해 심기일전(心機一轉), 절치부심(切齒腐心)한 겁니다."

사도진악이 타박했다.

"쉽게 말해, 쉽게!"

"아, 예."

구양보는 사도진악의 타박에도 불구하고 반색했다.

마침내 사도진악이 여태 없던 관심을 보이고 있는 것이다.

"그동안 내부를 청소한 겁니다. 그런데 그 시기가 너무 길다는 게 문제입니다. 청소를 끝냈어도 벌써 끝냈을 텐데, 아직까지 잠잠하다는 것이 이상하다는 겁니다."

사도진악이 미간을 찌푸렸다.

"그렇다고 그들이 갑자기 우리를 노린다는 건 너무 심한 비약이 아닌가?"

구양보가 이때다 싶은 표정을 드러내며 대답했다.

"그것은 장강의 움직임과 관계가 있습니다."

사도진악이 잠시 침묵하다가 이내 턱짓을 했다.

"계속 말해 봐."

구양보가 서둘러 말을 이어 나갔다.

"얼마 전 형주(荊州) 일대를 오가던 이두호리(二頭狐狸) 모초도의 행적이 우리 야귀대(夜鬼隊)의 눈에 포착되었습니다. 추혼십절 구중선과 동행하고 있었다고 합니다."

"······!"

"아시다시피 모초도는 녹림총단의 문신이고 구중선은 산신군의 오른팔격인 자로, 산신군의 곁을 떠나지 않는 것으로 유명하지요. 그런데 산신군은 안휘성 탕산의 개양채에 처박혀서 일절 두문불출하고 있단 말이지요. 과연 그들이 형주 인근을 배회할 이유가 어디에 있을까요?"

"그들이 산신군의 밀명을 받고 장강의 하백을 만나려는 거다?"

"그렇습니다! 형주는 뱃길이 좋지요!"

"가만가만······!"

사도진악은 이맛살을 찌푸리며 의문을 제기했다.

"산신군이 하백과 접촉하려는 것이 왜 우리 쾌활림을 노리는 것으로 해석되는 거지?"

구양보가 눈을 빛내며 힘주어 말했다.

"그건 풍잔의 설무백과 연관되어 있습니다."

"여기서 갑자기 설무백, 그 후레자식 이름이 왜 나와?"

"장강에 잠입해 있는 야귀(夜鬼)의 보고에 따르면 하백은 오래전부터 설무백과 매우 가까운 친분을 가지고 있었답니다."

"……!"

사도진악의 얼굴이 볼썽사납게 일그러졌다.

"그러니까 뭐야? 설무백이 우리를 노리고 있고, 녹림맹과 장강수로십팔타가 그에 동조하는 거다?"

"바로 그겁니다!"

"그럼 황하수로연맹은?"

"그들도 같습니다."

"어떻게 같은데?"

구양보는 힘주어 설명했다.

"잘 아시겠지만, 지난날 황하수로연맹도 맹주인 육지용왕 이차도가 사망한 이후 자중지란으로 매우 어려운 시기를 보냈습니다. 이차도의 뒤를 이어서 맹주위에 오른 천패수룡 하구장이 얼마 되지 않아 사망하는 바람에 더욱 그랬죠. 그 혼란을 잠재운 인물이 대곤채의 채주인 강상교입니다."

"신임 맹주인 수조일웅 가소유가 아니고?"

"강상교가 가소유의 오른팔로 알려져 있긴 합니다만, 실제는 강상교가 주도했다고 합니다. 조금 과하게 말해서 가소유는 강상교의 꼭두각시나 다름없다는 것이 중론입니다. 현 황하수로연맹의 실세는 강상교입니다. 현 황하수로연맹의 부맹주이죠. 그런데 그 강상교 또한 대곤채의 당주 시절부터 설무백과 친분이 있었다는 얘기가 있습니다."

사도진악이 황당해했다.

"그럼 뭐야? 녹림맹과 장강십팔타, 그리고 황하수로연맹이 설무백과 한통속이라 이 소리야?"

"예, 그렇습니다."

확신에 찬 목소리로 대답한 구양보는 잠시 뜸을 들였다가 그보다 더 놀라운 사태를 덧붙였다.

"사실 저는 천사교를 공격한 이번 무림맹의 행보에도 설무백, 그자의 입김이 작용한 것이 아닌가 심히 의심스럽습니다."

사도진악이 펄쩍 뛰었다.

"무슨 그런 말도 안 되는……! 그건 작금의 무림이 설무백의 손아귀에서 놀아나고 있다는 소리잖아!"

구양보는 물러서지 않고 대답했다.

"아직은 심증일 뿐입니다. 하지만 한번 신중하게 생각해 보십시오, 림주. 요즘 무림의 동향을 살펴보면 무림맹을 포함한 모든 세력들이 한 방향으로 움직이고 있지 않습니까. 바로 마교를 대척점에 두고 말입니다."

"음⋯⋯!"

사도진악이 묵직한 침음을 흘렸다.

그는 딱딱하게 굳어진 표정으로 고개를 끄덕이고 있었다.

이것만큼은 그 역시 구양보의 말에 동의하고 있는 것이다.

구양보가 강경한 어조로 다시 말했다.

"이유 여하를 막론하고 조치가 필요합니다! 우리가 마교와 손잡고 있다는 사실을 저들이 모른다는 보장이 없지 않습니까! 아니, 저들이 이미 알고 있다는 가정 아래 움직여야 합니다, 림주!"

사도진악이 싸늘해져서 고개를 끄덕였다.

"하긴, 대비해서 나쁠 건 없지."

그는 재우쳐 물었다.

"어떤 대비가 필요할까?"

구양보가 기다렸다는 듯이 대답했다.

"우선 사태를 보다 더 면밀하게 파악할 필요가 있습니다. 세 개나 되는 거대 세력이 움직이려면 지휘 계통을 확립하는 것만 으로도 족히 사나흘은 걸리리라 봅니다. 그리고 무림맹도 이번 싸움으로 적잖은 손해를 입은 상태라 바로 움직이지는 못할 테 니, 그 정도 여유는 있을 겁니다. 해서, 드리는 말씀인데⋯⋯."

은근히 말꼬리를 늘인 그는 힘주어 공수하며 말을 이었다.

"잠시 흑사자들의 전권을 제게 주십시오! 그러면 사흘 안에 모든 사태에 대한 대비를 끝내도록 하겠습니다!"

"이유는?"

"흑도천상회는 와해되었지만 아직 적잖은 힘을 보유한 세력들이 몇몇 있습니다. 그들을 포섭하려고 하는데, 그러려면 최소한 흑사자들의 무력이 필요합니다."

사도진악은 잠시 고민하는 듯 묵묵히 고개를 끄덕이며 뜸을 들이다가 이내 그들의 대화에 나서지 않고 대기하던 대제자 비연검룡 마천휘와 흑사자들의 대형인 흑룡을 향해 말했다.

"들었지? 오늘부터 사흘 동안 너희들은 구양 군사의 명령을 내 명령으로 알고 따라라!"

"존명!"

흑룡은 즉각 공수하며 대답했으나, 마천휘는 어딘지 모르게 불편한 기색을 드러내며 조심스럽게 물었다.

"외람된 말씀이나, 모든 사태가 구양 군사의 말과 같다면 이는 매우 심각한 일입니다, 사부님. 어찌 사부님이 직접 나서시지 않는 겁니까?"

사도진악이 피식 웃는 낯으로 자리를 털고 일어나며 대꾸했다.

"구양 군사가 그걸 몰라서 그러겠느냐? 나는 이틀 후 모처에서 누굴 만나야 한다. 사전에 정해진 약속이라 시간을 바꿀 수 없으니, 그리 알고 성의를 다해서 구양 군사를 돕도록 해라."

마천휘가 그제야 깊이 고개를 숙이며 수긍했다.

"예, 알겠습니다, 사부님!"

사도진악이 그런 마천위를 지나서 대청을 나섰다.

구양보가 눈치껏 그의 뒤를 따랐다.

대청을 나서서 거처인 전각을 벗어난 사도진악이 뒤따라 나온 구양보에게 조용히 말했다.

"아마도 이번에 대사가 결정될 거다. 그리 알고 부족함 없이 만전을 기하도록 해라."

구양보가 여부가 있겠냐는 듯 깊이 고개를 숙이며 대답했다.

"명심, 또 명심하겠습니다!"

사도진악은 더 이상 아무런 말도 하지 않았다.

구양보가 고개를 들었을 때, 그는 이미 서 있던 자리에서 홀연히 사라진 상태였다.

잠시 그대로 서서 사도진악의 기척을 찾아보던 구양보는 이내 그 어떤 기척도 찾아볼 수 없자 서둘러 돌아섰다.

다만 그의 발길은 앞서 나선 사도진악의 거처가 아니라 그 거처를 돌아서 측면으로 이어진 소로였다.

잰걸음으로 소로를 거스른 그는 네 개의 담과 두 개의 정원을 거슬러서 외딴 전각의 대청으로 들어갔다.

그 대청의 주인은 그를 기다리고 있었던 것처럼 대청의 문을 마주 보는 다탁의 의자에 앉아 있다가 눈살을 찌푸리며 그를 맞이했다.

흑사자들의 둘째인 사내, 흑표였다.

"왜 이리 늦었소?"

"말이 길어졌네."

구양보는 쾌활림의 군사이며 흑표는 일개 무력인 흑사자대의 일원인지라 직급으로는 구양보가 위이다.

그렇지만 무림 단체의 지위는 그런 식의 직급만으로 따질 수 없는 법이다.

대외적으로 알려지진 않았으나, 흑표는 단순히 흑사자대의 일원이 아니라 사도진악의 무기명제자이고, 구양보는 그것을 익히 잘 아는 사람이었다.

구양보가 거만하게 자리에 앉아서 자신을 맞이하는, 그것도 타박부터 하는 흑표를 향해 별다른 내색 없이 그저 웃어넘기는 이유가 바로 거기에 있었다.

"해결은 잘된 거요?"

"잘되고말고. 방금 림주에게 흑사자들의 전권을 받았네."

"오……!"

흑표가 기꺼워했다.

구양보는 그에 아랑곳하지 않고 흑표의 맞은편 의자를 빼서 자리에 앉으며 걱정스럽게 물었다.

"그보다 자네는 어찌됐나?"

흑표가 보란 듯이 어깨를 으쓱이며 대꾸했다.

"여부가 있겠소."

"정말 확실한 거겠지?"

구양보는 적잖게 불안한 눈치였다.

흑표가 의미심장하게 웃으며 장담했다.

"두말하면 잔소리요. 그보다 이제 와서 뭘 그리 망설이시이오? 모든 준비를 완벽하게 끝냈으니, 다른 걱정 말고 어서 말해 보시오. 어디요, 사부와 그자가 만나는 장소가?"

구양보가 분명 들어오면서 대청 안에 흑표 이외에는 다른 사람은 없다는 것을 확인했으면서도 거듭 조심스럽게 주변을 둘러보며 속삭이듯 나직이 말했다.

"중경 도부산(刀斧山)의 북쪽 기슭에 있는 이면소축(裏面小畜)이라는 이름의 산장이네."

"칼과 도끼의 산에 겉과 속이 다른 산장이라니, 정말이지 죽기에 딱 알맞은 장소구려. 흐흐흐……!"

흑표는 음침한 웃음을 흘리며 바로 자리에서 일어났다. 그리고 즉시 자리를 떠나며 말을 남겼다.

"사흘 내로 사부의 머리를 들고 올 테니, 다른 걱정 말고 여기 일이나 잘 끝내 놓으시오!"

"저거 사도진악 아닌가?"

지난날 흑도천상회의 총단이 자리했던 호북성의 성도 무한에서 남쪽으로 대략 육백여 리가량 떨어진 지역에 자리한 대정

산(大井山)의 서쪽 기슭, 험난한 지형 아래 군락을 이룬 아름드리 나무가 하늘을 가린 가파른 비탈길이었다.

야트막한 바위에 느긋하게 등을 기대고 앉아서 막무가내로 우거진 수풀 사이로 내다보이는 쾌활림의 비밀 총단을 주시하던 녹림도 총표파자 산신군은 문득 고개를 갸우뚱하며 물었다.

북쪽으로 자리한 쾌활림의 후원을 벗어나서 빠르게 사라지는 잿빛 신영이 하나 있었는데, 그의 눈에는 그게 사도진악으로 보였던 것이다.

그러나 그 의문에 대답해 줄 수 있는 사람은 없었다.

지금 그의 곁에 있는 추혼십절 구중선은 희미한 사람의 형체만 보았을 뿐이기 때문이다.

"글쎄요? 저는 잘 모르겠는데요?"

"쯔쯔……!"

산신군은 혀를 차며 눈총을 주었다.

"밥값 좀 해라. 눈이 밝은 놈이라 데려왔더니만, 그거 하나 제대로 못 보냐, 그래?"

자신이 알아보지 못해서 짜증이 난 김에 그저 하는 타박이었다.

그도 미처 확인하지 못한 것을 그보다 하수인 구중선이 알아본다는 것 자체가 말이 안 되는 것이다.

구중선이 딴청을 부리며 그걸 꼬집으며 구시렁거렸다.

"……제대로 못 봐서 물으시면서……."

산신군이 눈을 부라렸다.

"지금 그거 나보고 하는 소리냐?"

구중선이 재빨리 태도를 바꾸며 살살거렸다.

"그럴 리가요. 제 탓을 하는 겁니다, 제 탓! 제가 너무 부족해서 죄송스럽다는 소리예요. 하하……! 윽!"

멋쩍게 웃던 구중선이 신음을 흘리며 두 손으로 머리를 감쌌다.

산신군이 손바닥으로 그의 뒤통수를 사정없이 한 대 갈긴 것이다.

"누굴 바보로 알아!"

구중선이 찔끔 눈물이 흘러나온 눈으로 산신군을 쳐다보며 무언가 항변하려다가 문득 안색이 변해서 말했다.

"또 누가 나가는데요?"

구중선을 보느라 쾌활림의 총단을 등지고 있었던 산신군이 재빨리 돌아서 살폈다.

과연 구중선의 말마따나 누군가 또 북쪽의 후원을 통해서 밖으로 나가고 있었다.

연신 사방을 두리번거리며 나서는 것이 앞서 나섰던 자보다 한결 더 은밀한 행보였다.

"저건 쾌활림의 흑사자 같은데?"

구중선이 이때다 싶은 표정을 지으며 자신만만하게 말을 받았다.

"저놈은 흑사자대의 둘째인 흑표가 틀림없습니다. 전에 흑사자대를 지휘하는 애들의 면면을 살펴봐서 분명하게 기억하고 있습니다."

산신군이 슬쩍 구중선을 돌아보고는 이맛살을 찌푸렸다.

"그 거만한 표정은 뭐냐?"

구중선이 찔끔해서 자세를 낮추며 거듭 살살거렸다.

"거만이라니요. 그저 칭찬이 필요하다, 뭐 이런 표정이지요. 하하하……!"

산신군이 졌다는 표정으로 한숨을 내쉬며 칭찬했다.

"그래 잘했다, 잘했어. 네 똥 아주 튼실하게 굵구나."

구중선이 고개를 갸웃했다.

"그거 칭찬인 거죠?"

산신군이 도끼눈을 뜨며 불끈 말아 쥔 주먹을 쳐들었다.

"아니면 어쩔래?"

구중선이 천연덕스럽게 웃으며 넉살을 부렸다.

"그야 당연히 칭찬을 들을 수 있도록 더욱 부단히 노력해야지요."

산신군이 픽, 웃어 버렸다.

"하여간 곰처럼 생긴 놈이 여우처럼 굴기는……."

그는 쳐들었던 주먹을 내리며 재우쳐 물었다.

"그나저나, 그 여우 같은 머리나 한번 써 봐라, 앞선 놈이나 뒤선 놈이나 아무리 봐도 남의 이목을 피해서 은밀하게 움직이는 것 같던데, 네 생각에는 대체 쟤들이 왜 그러는 것 같으냐?"

구중선이 추호도 망설임 없이 대답했다.

"그야 뻔하죠."

"뭐가 뻔한데?"

"서로가 모르게 다른 꿍꿍이가 있는 거죠."

"네 대답이야말로 뻔한 대답으로 들리긴 한다만, 일리는 있구나. 그러니까, 쟤들 내부에 알력이 있다 이건데……."

말꼬리를 늘인 산신군은 잠시 깊은 생각에 빠졌다가 문득 깨어나며 쓰게 입맛을 다셨다.

"생각 같아서는 저놈들의 뒤를 밟고 싶은데, 아무래도 안 되겠지?"

구중선이 바로 동조했다.

"그럼요. 안 되지요. 설 공자가 하늘이 두 쪽 나도 여기서 대기하라고 하질 않았습니까. 게다가 이제 곧 저길 박살 낼 건데, 집 나간 녀석까지 챙길 필요는 없지요."

"하긴, 그렇기도 하네."

구중선이 수긍하자, 기분 좋게 웃던 구중선이 이내 새삼스럽게 고개를 갸웃하며 물었다.

"근데, 언제까지 여기서 대기하는 거죠?"

산신군이 짧게 대꾸했다.

"누가 여기로 온단다."

"누가요?"

"글쎄다……? 대충 돌아가는 상황을 봐서는 장강이나 황하의 수적 놈들이 아닐까 싶구나."

"장강이나 황하의 수적 놈들이라면……?"

무슨 말인지 선뜻 이해하지 못하던 구중선이 이내 깨달은 듯화들짝 놀라며 눈이 커졌다.

"장강십팔타와 황하수로연맹이 여기로 온다고요?"

산신군이 눈총을 주었다.

"뭘 그리 놀래? 설 가, 그 아이가 하는 일이잖아. 그 아이가그 정도 배포는 되는 아이인 거 아직도 모르고 있었냐?"

"아, 뭐, 그렇게 생각하면 놀랄 일이 아닌 것 같기도 하지만……."

구중선이 문득 곱지 않은 눈초리로 산신군을 쳐다보며 따졌다.

"근데, 그걸 왜 이제야 말해 주시는 겁니까?"

산신군이 게슴츠레하게 변한 눈빛으로 지그시 구중선의 노려보았다.

"아, 그렇구나. 내가 그런 것도 일일이 다 네게 보고를 해야하는 거구나. 이거 정말 죄송해서 어쩌나 그래?"

"그, 그게 아니라……."

구중선이 울상을 지으며 죽는 시늉을 했다.

"미리 알려 주셨으면 좋았을 것을…… 나가지 않을 돈이 왕창 나가서…… 에구구, 아까워라."

산신군이 이맛살을 찌푸렸다.

"당최 그게 무슨 말이야? 똑바로 말하지 못해!"

구중선이 똑바로 말했다.

"이번에 싸움에 애들에게 은자를 걸었거든요. 두당 두 냥이요. 애들 사기 진작을 위해서 그런 건데, 장강이나 황하 애들이 함께 나서는 거면 안 그랬어도 되는 것을⋯⋯!"

산신군이 한숨을 내쉬었다.

"그러니까, 돈으로 애들 사기를 샀다?"

구중선이 울상으로 항변했다.

"쾌활림의 전력이 안팎으로 거의 일만에 육박합니다. 저기 총단에 주둔하는 애들만 따져도 족히 오천은 넘고요. 일전에 흑도천상회가 무너졌을 때도 저들은 거의 모든 전력을 보전했죠. 그런데 우리는 어수선한 시절을 보내느라 제대로 싸울 만한 애들이 고작 일천이 될까 말까입니다. 그런 마당에 어떻게 안 그럴 수 있겠습니까? 그야말로 죽기 살기로 싸워야 하는 것을요. 해서, 모 군사와 상의 끝에 그랬지요. 우리 애들이 또 돈이라면 환장하잖아요. 총표파자께서 미리 말씀해 주셨으면⋯⋯ 악!"

말을 하던 구중선이 또 다시 두 손으로 머리를 감싸며 주저앉았다.

산신군이 다시금 주먹으로 인정사정없이 그의 머리를 갈긴 것이다.

"고작 돈으로 애들 환심을 사? 이것들이 정말⋯⋯!"

"돈이 어때서요?"

구중선이 머리를 감싸고 주저앉은 채로 항변했다.

"다 먹고 살자고 하는 짓인 걸요! 특히나 우리 애들은……!"

"이놈이……!"

산신군이 눈을 부라리며 거듭 주먹을 쳐들었다.

구중선이 기겁해서 엉덩이를 뒤로 끌며 변명했다.

"아니요, 말이 그렇다고요. 그러니까, 그냥 미리 말씀해 주셨으면 좋았다 이겁니다. 왜 미리 말씀을 안 해 주셔서는……!"

산신군이 쳐들었던 주먹을 내리며 한숨을 내쉬었다.

"어쩐지 많이도 긁어모았다 했다. 이래서 빠지고 저래서 빠져서 잘해야 일이천이다 했는데, 어쩐 일로 사천 명이나 모여서 다행이다 했더니만…… 에휴……!"

구중선이 재빨리 멀찍이 물러나서 쳐다보며 항변했다.

"그 다행을 돈으로 산 겁니다! 마교의 분탕질로 녹림칠십이채가 녹림삼십이채로 변했는데, 안 그랬으면 어떻게 그 적은 인원 속에서 쓸 만한 애들을 오백 명이나 뽑을 수 있겠습니까! 그리고 사실 돈을 풀자고 한 건 제가 아니라 모 군사의 의견이었어요. 저는 그저 동조만 했을 뿐이라고요!"

"이놈이 아직도 입만 살아서……!"

"그만 때려요! 저를 때려도 나간 돈은 안 들어온다고요!"

"야, 이놈아, 내가 지금 돈이 아까워서 이러는 줄 알아! 돈이야 안 주면 그만이야! 내가 지금 화를 내는 것은……!"

붉게 달아오른 얼굴로 윽박지르던 산신군이 문득 말을 그치고 입을 다물며 거짓말처럼 평정을 되찾았다. 그리고 나직이 소곤거렸다.

"너 나중에 다시 보자!"

구중선이 어리둥절해하며 눈을 멀뚱거렸다.

산신군은 일단 한 번 화가 나면 어떤 상황에서도 쉽게 화를 식히지 못하는 성격이었기에 그것을 익히 잘 알고 있는 그는 이게 무슨 일인가 싶었다.

그러다가 그는 이내 깨달았다.

때를 같이해서 그들에게 다가오는 인기척을 느꼈기 때문이다.

산신군은 그보다 먼저 다가오는 인기척을 느꼈던 것이다.

구중선은 기민하게 앞으로 나서며 칼자루를 잡고 경계했다.

공은 공이고 사는 사였다.

그 어떤 상황에서도 자신이 할 도리는 다하는 것이 그의 성격이었다.

그때 산신군이 앞으로 나선 그의 뒷목을 잡아서 뒤로 끌었다.

"적이 아니니까 나대지 마라."

구중선은 그제야 확인했다.

두 사내가 우거진 풀숲을 헤치며 모습을 드러냈는데, 그중 한 사내는 그도 아는 인물이었다.

장강의 신이라 불리는 사내, 장강십팔타의 총타주 하백이 바로 그였다.

산신군이 하백을 맞이했다.

"왔는가?"

하백이 퉁명스럽게 대꾸했다.

"뻔히 눈으로 보면서 왔는가 라고 묻는 건 또 무슨 경우요?"

산신군이 삐딱하게 하백을 바라보았다.

"지금 시비 거는 거 아니지?"

하백이 시큰둥하게 대꾸했다.

"시비가 아니라, 오랜만에 후배를 만났으면 '어서 오게' 또는 '그간 적조했네' 그도 아니면 '먼 길에 수고했네' 등등 할 말이 얼마나 많은데 고작 '왔는가' 뿐이니 하는 말 아니오. 그래, 여기 이렇게 왔소이다. 됐소?"

산신군이 실소했다.

"누가 보면 자네가 선배고, 내가 후배인 줄 알겠군."

그리고 재우쳐 은근히 화를 냈다.

"뭐가 그리 삐딱해? 내게 무슨 억하심정이라도 있는 거야?"

하백이 잠시 물끄러미 산신군을 바라보다가 불쑥 말했다.

답변이 아니라 오히려 질문이었다.

"여기서 내가 한마디만 더 말대꾸하면 싸움이 되겠죠?"

산신군이 자못 삭막하게 인상을 쓰며 단호하게 인정했다.

"아마도!"

하백이 싸늘한 눈빛을 던지면서도 입으로는 미소를 지으며 공수했다.

"그러면 나중에 다시 얘기하기로 하고, 반갑소. 그리고 우선 자리를 좀 옮깁시다. 보니까 아래 저쪽 어디에 황하의 가 아무개도 와 있는 것 같으니, 그쪽으로 갑시다."

황하수로연맹의 맹주인 수조일옹 가소유를 두고 하는 말이었다.

산신군은 못내 거북한 기색이면서도 더는 시비조로 나가지 않고 가벼운 공수로 답례했다.

"그러지."

하백이 돌아섰다.

그러다가 무언가 깜빡했다는 듯 이마를 치며 돌아서서 말했다.

"아참, 미안하오. 찬물도 위아래가 있다고 내가 먼저 얘부터 소개해 줘야 했는데, 깜빡했소."

멋쩍게 웃은 그는 이내 동행인 청년을 앞으로 내세우며 소개했다.

"설 가 친구의 제자요. 나름 사정이 있어서 잠시 내가 데리고 있소. 인사드려라. 녹림도 총표파자이신 산신군이시다."

젊은 청년이 자세를 바로하고 산신군을 향해 더없이 정중하게 포권의 예를 취했다.

"동곽무입니다. 고명하신 산왕 어르신을 이렇듯 직접 뵙게 되어서 실로 영광입니다."

산신군이 가볍게 마주 공수하며 예사롭지 않게 바뀐 눈초리로 동곽무를 쳐다보았다.

그는 내심 동곽무의 내력을 짐작하고 있었다.

"대취옹 동곽 선생과는 어떤 사이인가?"

산신군의 질문을 들은 동곽무는 조금 놀라고 적잖게 당황한 표정이었다.

그러나 대답을 회피하지는 않았다.

"저의 조부가 되십니다."

산신군이 묘하게 웃으며 고개를 끄덕였다.

"젊은 친구의 입김이 술 냄새에 찌들어 있어서 이상타 하다가, 성이 동곽이라 해서 혹시나 했는데, 과연 동곽 선생의 핏줄이었군그래. 취우검을 익힌 게야. 아니 그런가?"

동곽무가 멋쩍은 기색으로 겸손하게 대답했다.

"이제 고작 입문했을 뿐입니다."

산신군이 의미심장한 미소를 흘렸다.

"그건 아닌 것 같으니, 새겨듣도록 하지. 아무튼, 반갑네. 이래저래 나오는 인연이 깊으니, 앞으로 잘 지내보세."

동광무가 안색이 변해서 물었다.

"조부님과 친분이 있으신가요?"

"나중에 다시 얘기하세."

산신군이 말을 자르며 눈짓으로 하백을 가리켰다.

"더 길게 얘기 했다간 저 친구가 내 면상을 한 대 칠 것 같으니까."

하백이 피식 웃으며 돌아서서 발길을 재촉했다.

"나야 상관없지만, 저 아래 있는 황하 친구들이 혹시나 급하게 나설까 봐 그러는 거요. 듣자 하니 가 씨 맹주의 뒤를 받쳐 주는 반 씨 친구가 꽤나 한 성질 한답디다."

반 씨, 친구란 바로 황하수로연맹의 부맹주인 강상교 반효를 두고 하는 말이었다.

산신군이 어깨를 으쓱하고는 하백의 뒤를 따라갔다.

구중선이 급히 물었다.

"애들은 어쩌죠?"

산신군이 슬쩍 고개를 돌려서 한쪽에 무릎 꿇고 있는 두 명의 사내를 바라보았다. 앞서 그들이 쾌활림의 전경을 조망하기 위한 자리를 찾다가 제압해 둔 번초들이었다.

"어쩌긴 뭘 어째? 살려 둘 필요 없는 애들이잖아."

두 사내가 겁에 질려서 눈을 크게 뜨면서도 아무런 말도 하지 못했다.

아혈까지 제압해 놓은 것이다.

구중선이 그런 그들을 보며 전혀 다른 의미로 난감해했다.

"흑적이 남을 텐데요?"

산신군이 돌아서며 대수롭지 않게 대꾸했다.

"어차피 긴 시간을 기다리는 거 아니니까, 피 안 나게 잘 죽여서, 저편 낙엽더미에 묻어."

"피 안 나게요?"

"점혈법은 개나 주려고 배운 거냐?"

"아⋯⋯!"

구중선이 이제야 깨달은 듯 그러면 되겠네, 라는 표정으로 반색했다. 그리고 서둘러 산신군이 말한 저편 낙엽더미로 가서 낙엽더미를 헤쳐 놓고는 사내를 하나씩 데리고 가서 가차 없이 사혈을 짚었다.

두 사내가 그렇듯 하나씩 소리 없이 죽어서 낙엽더미 속에 파묻힐 때까지 걸린 시간은 불과 반각도 걸리지 않았다.

구중선은 그때까지 기다리다가 발길을 재촉해서 하백의 뒤에 붙었고, 구중선도 서둘러 그 뒤를 따라갔다.

그리고 얼마 지나지 않아서 그들은 하백의 말마따나 모처에서 대기하고 있던 황하수로연맹의 맹주인 수조일옹 가소유(呵笑柳)와 부맹주인 강상교 등과 조우했다.

무림역사상 처음으로 녹림십팔채의 총표파자와 장강수로십팔타의 총타주, 그리고 황하수로연맹의 맹주가 한자리에 모이는 순간이었다.

그 분위기는 실로 더없이 어색했다.

형식적인 인사가 끝난 다음에는 물이라도 끼얹은 것처럼 조용해졌다.

서로가 서로에게 적개심은 없지만, 그렇다고 호감도 없는,

실로 무미건조한 기류가 흐르는 분위기였다.

먼저 그 분위기를 깬 것은 그래도 가장 연장자인 녹림도 총 표파자 산신군이었다.

"분위기 한번 뭐 같군. 대체 언제까지 이럴 거야?"

하백이 시큰둥하게 대꾸했다.

"뭐 별로 할 얘기도 없잖아요? 괜히 서로 말 섞는 거 귀찮을 테니, 대충 이렇게 무백, 그 친구가 올 때까지 그냥 버티죠?"

산신군이 슬쩍 가소유에게 시선을 주었다.

그쪽도 같은 생각이냐고 묻는 눈빛이었다.

가소유가 별다른 의견 없이 침묵하며 어깨를 으쓱하는 참인 데, 곁에 있던 강상교가 넌지시 끼어들며 반론을 폈다.

"그러지 말고, 설 대협이 오기 전까지 인원 점검이라도 하는 게 어떻겠습니까? 어차피 함께 나선 일인데, 서로의 전력조차 몰라서야 어디 쓰겠습니까?"

가소유가 바로 동의했다.

하백이 묘하다는 눈빛으로 가소유를 바라보았다.

가소유가 하백의 눈빛에 담긴 속내가 무엇인지 안다는 듯 천연덕스럽게 웃으며 말했다.

"그리 이상한 눈빛으로 볼 것 없소. 본디 본인은 황하의 맹주 라는 자리에 뜻이 없는 사람이고, 여러모로 능력도 부족한 사람 이오. 낚시나 하며 편히 지내려는 사람을 여기 부맹주가 억지로 자리에 앉히는 바람에 이리 하기 싫은 고생을 하고 있는 것뿐이니, 본인은 상관 말고 편히 대화 나누시구려."

하백이 뜨악한 표정으로 두 눈을 끔뻑였다.

권력에 욕심이 없는 사람이 있다는 얘기는 들었지만 실제로 보기는 처음인 것이다.

산신군도 못내 당황한 눈치였다.

애써 내색을 감춘 그가 미소를 보이며 고개를 끄덕였다.

"세간에 수조일옹의 성품이 물에 물 탄 듯 술에 술 탄 듯 흐리멍덩하다는 얘기가 돌았는데, 그게 아주 잘못된 소문이었구려. 이렇듯 자신의 생각과 주장이 뚜렷한 사람은 실로 내 생전 처음이오."

가소유가 가볍게 웃으며 손사래를 쳤다.

"별말씀을……! 어쨌거나, 본인은 조만간 여기 강 부맹주에게 자리를 넘기고 낚시나 하며 노후를 즐길 생각이니, 두 분 모두, 우리 부맹주와의 친분을 돈독히 하길 바라오. 산과 강이 함께하면 그 또한 즐겁지 않겠소."

산신군과 하백의 뜻 모를 시선이 강상교에게 돌려졌다.

상관이기 이전에 맹주씩이나 되는 사람이 이렇게 자신을 낮추며 그를 돋보이게 하고 있는데, 정작 당사자인 그는 묵묵히 침묵을 지키고 있으니, 못내 이상한 것 같았다.

그러나 강상교는 아무렇지도 않게 그들의 시선을 마주하고 있었다.

그의 성격을 드러내는 모습이었다.

그게 무엇이든 자신이 처한 일은 거부하지 않고 당당하게 마주 서는 성격인 것이다.

산신군이 이내 그런 강상교의 성격을 짐작한 듯 가만히 고개를 끄덕였다. 그리고 넌지시 말문을 돌렸다.

"아무려나, 강 부맹주는 누구와 달리 현실을 제대로 직시하고 있구려. 현명한 반 부맹주를 보니 이후에 드리워질 황하의 번창이 눈에 보이는 듯하오."

"별말씀을……."

강상교가 가볍게 공수하며 자신을 낮추었다.

하백이 그 모습을 보고는 곱지 않은 시선으로 산신군을 째려보았다.

"그 누구라는 것이 저는 아니겠지요?"

산신군이 마주 노려보며 쏘아붙이듯 대꾸했다.

"그래, 아닌 것으로 하세."

하백의 인상이 눈에 띄게 일그러지는 참인데, 강상교가 재빨리 끼어들며 대화를 바로잡았다.

"그럼 이제 서로의 전력부터 확인하는 게 어떻겠습니까?"

"그럽시다."

산신군이 바로 동의하는 것으로 하백이 나설 틈을 주지 않으며 재우쳐 말했다.

"우선 본인이 먼저 밝히도록 하겠소. 이번 일에 참가한 우리 녹림의 전력은 정예 오백이오. 다들 아시다시피 얼마 전 약간의 우여곡절이 있었던 까닭에 녹림십팔채의 채주들은 여섯 명밖에 나서지 않았으나, 나머지 인원 대부분이 정예로 꾸렸으니, 크게 아쉽지는 않을 것이오."

묵묵히 고개를 끄덕이던 강상교가 곧바로 뒤를 이어 나서서 황하수로연맹의 전력을 밝혔다.

"우리 황하에서도 맹주님과 저를 포함 오백의 정예를 동원했습니다. 녹림과 마찬가지로 우리 역시 최근에 좋지 않은 일을 겪는 통에 인원을 동원하는 데 한계가 있었습니다만, 또한 녹림처럼 최대한 정예들로 추렸으니, 다른 분들께 크게 누가 되지는 않으리라고 봅니다."

설명을 끝마친 강상교의 시선이 하백에게 돌려졌다.

산신군은 벌써부터 하백을 보고 있었다.

하백이 늘 그렇듯 무언가 불만이 있는 것처럼 혹은 마냥 귀찮다는 듯 퉁명스럽게 굳어진 표정으로 그들의 시선을 마주하며 말했다.

"듣자 하니 아무래도 설 가가 오백 명으로 정해 준 모양이네. 아무려나, 우리 장강도 정예들로만 딱 오백 명을 추려왔소. 그 안에 장강십팔타의 채주 중 열 두 명과 장강총단의 정예 오십이 포함되어 있으니, 황하와 녹림에게 폐를 끼치는 일은 없을 거요."

산신군이 혼잣말로 투덜거렸다.

"말끝마다 뻗대기는……!"

아무리 작은 속삭임일지라도 하백 같은 고수가 바로 옆에서 하는 말을 듣지 못할 리 없었다.

대번에 이맛살을 찌푸린 하백이 말했다.

"뻗대기는 누가 뻗댄다고 그러쇼? 정말 이참에 어디 한번 한 판 뜨고 싶은 거요?"

산신군이 실소했다.

"너는 어째 매사에 그리 극단적이냐?"

하백이 인상을 썼다.

"지금 너라고 했소?"

산신군이 눈을 부라리며 대꾸했다.

"너라고 한 게 뭐가 어때서? 나이로 보나 다른 뭘로 보나 내가 너에게 너라고 하지 못할 이유가 대체 뭐냐?"

하백이 불쾌함을 넘어 분노한 기색을 드러내며 언성을 높였다.

"그쪽이 산적 두목이면 나도 수적 두목이야! 연배를 봐서 평대는 대충 넘어갈 수 있지만, 하대는 예의가 아니지!"

산신군이 새삼 실소하며 삐딱하게 하백을 바라보았다.

"잘하면 치겠다?"

하백이 지지 않고 대꾸했다.

"못 칠 것도 없지!"

산신군이 이번에야말로 안색을 굳히며 싸늘하게 변한 눈초리로 하백을 노려보았다.

"진심이냐?"

하백이 대답했다.

"진심이지 않고!"

주고받은 질문과 대답이 끝나기 무섭게 장내의 분위기가 격하게 험악해졌다.

두 사람 다 애써 숨을 다독이고 있으나, 살벌한 분노의 감정이 가슴에서 부글거리는 모습이었다.

팽팽한 긴장감이 가느다란 실 끝에 간신히 매달려 있는 것 같았다.

언제라도 불씨만 생기면 당장에 폭발해 버릴 화약고와 다름없었다.

두 사람 다 진심이라 감히 그 누구도 중재할 엄두조차 내지 못하는 것 같았다.

그러나 강상교는 아무렇지도 않게 그런 두 사람 사이로 끼어들었다.

"싸운 다음에 친해진다는 말이 있지요. 그러니 자리를 마련해 드릴까요? 두 분 다 원하신다면 그렇게 해 드리도록 하죠. 예서 그리 멀지 않은 근처에 아주 적당한 장소가 하나 있으니, 그쪽으로 가시죠. 설 대협과의 친분 따위가 뭐 그리 대수이겠습니까. 시작을 했으면 끝을 봐야지요. 그게 우리네 사내들 아닙니까."

싸우는 시어머니보다 말리는 시누이가 더 밉다는 말이 있다. 지금의 상황이 딱 그랬다.

두 사람 다 못내 울화가 치밀어서 대립하긴 했으나, 마음 속 깊은 곳에는 누가 말려 주었으면 하는 생각이 잠겨 있었다.

그리고 지금 상황에서 그들을 말릴 수 있는 사람은 바로 강상교였다.

그런데 정작 강상교가 말리려 들지 않았다.

오히려 적극적으로 싸움을 부추기는 태도를 취했다.

아니, 분명 싸움을 말리려는 행동이었다.

그게 아니라면 연거푸 설무백을 언급하지는 않았을 터였다.

그러나 두 사람 다 그걸 모르지 않으면서도 미운 건 미운 거였다.

고작 이것밖에 안 되냐고 그들의 태도를 비웃는 것 같아서 더욱 그랬다.

어쩌면 도둑이 제 발 저린 것인지도 모르겠지만, 그 때문에 그들은 누가 먼저랄 것도 없이 동시에 고개를 돌려서 강상교를 노려보았다.

물론 방금 전과 같은 적개심은 담겨 있지 않는 눈빛이었다.

잠시 망각하고 있던 설무백의 이름을 들은 까닭에 두 사람 다 이미 마음은 차갑게 식은 뒤였기 때문이다.

이유야 어쨌든 강상교는 더없이 훌륭하게, 그야말로 단번에 그들의 다툼을 말린 것이다.

"……."

산신군이 이내 그와 같은 상황을 간파하고는 새삼스러운 눈빛으로 강상교를 바라보았다.

'소문보다 더 능구렁이로군!'

강상교에 대한 산신군의 평가가 한 단계 높이 상승하는 순간이었다.

그리고 내색은 삼가고 있으나, 하백의 생각도 산신군의 그것에 못지않은 평가를 내렸다.

'역시 무백의 눈에 든 자라 이건가?'

솔직히 말하면 하백은 산신군과 싸울 생각이 없었다.

다만 그는 악으로 깡으로 버티며 말단 졸자에서 장강의 주인이 된 사람답게 천하의 그 누구에게라도 기세에서 밀리면 절대안 된다고 생각하는 사람일 뿐이었다.

그가 아는 모든 싸움의 기본은 기세였다.

싸움의 승패는 지난바 무공과 경험으로 결정되는 것이 사실이지만, 기세에서 밀리면 제대로 싸워 보지도 못하고 혹은 싸워 보기도 전에 패하기 마련이라는 것이 그의 변할 수 없는 신념인 것이다.

무공의 고저나 경험의 차이는 얼마든지 극복할 수 있었다.

무공이 약한 사람이 보다 더 강한 고수와의 싸움을 승리하는 전례가 그래서 존재했다.

그러나 기세에서 밀리면 그 싸움은 해 보나마나였다.

우연이라도 절대 이길 수 없는 싸움이 바로 기세에서 밀리고 들어가는 싸움인 것이다.

그래서 강상교에 대한 그의 평가는 산신군과 달리 보다 더 직접적이었다.

'언제고 한번 싸워 봐야 할 상대로군!'

내심 그렇게 마음을 다잡은 하백이 먼저 산신군을 외면하며 말했다.

"내가 무백을 봐서 참겠소."

산신군이 코웃음을 치며 대꾸했다.

"나야말로 설 가의 면을 봐서 참는 거다."

그때 바람이 불었고, 설무백이 홀연히 장내에 나타났다.

몽고의 발호 십삼 일째 날 저녁

설무백은 혼자가 아니었다.

그의 뒤를 따라서 대여섯 명의 인원이 모습을 드러냈다.

남녀노소를 포함한 그들은 하나같이 훌연한 모습, 절정의 신법을 구사하는 고수들이었다.

산신군과 하백, 강상교는 대번에 그들을 알아보았다.

설무백의 그림자로 알려진 공야무륵은 차치하고, 나머지 사람들은 바로 무림맹주인 현각대사와 군사로 알려진 남궁유화, 그리고 무당속가제일인인 산동대협 용수담, 아미속가제일인인 빙녀 희여산, 남궁세가의 실세인 철혈여제 남궁유아, 호남제일검으로 알려진 서문세가의 원로 서문하, 화산의 신성으로 화산검귀(華山劍鬼)라는 별호를 얻은 무허 등이 바로 그들이었다.

구대문파의 장문인들을 제외하면 이른바 무림맹의 중핵을 이루는 고수들이 총출동한 것이다.

"정겹게 옥신각신하는 모습이 보기 좋네."

설무백의 말을 들은 산신군이 삐딱하게 바라보며 대꾸했다.

"놀리는 거지?"

"당연하지!"

설무백은 곱지 않게 일그러진 눈초리로 산신군을 비롯한 하백과 강상교를 둘러보며 잘라 말했다.

"대사를 앞두고 기분 좋게 통성명이나 하라고 먼저 모이도록 했더니만 애들처럼 이게 뭐 하는 짓이야?"

산신군과 하백이 머쓱하게 딴청을 부리는 가운데, 강상교가 급히 나서며 변명했다.

"나는 아냐. 저 두 사람이 그랬지. 나는 말렸다고."

설무백이 자못 부라린 눈으로 강상교를 쳐다보며 면박을 주었다.

"이게 말린 거야? 말렸어도 제대로 못 말렸으니까 이런 거잖아. 황하수로연맹의 부맹주씩이나 돼서는 싸움 하나 제대로 못 말리냐?"

강상교가 억울한 표정으로 대꾸했다.

"야, 정말 너무한다. 상대를 봐라. 내가 황하수로연맹의 부맹주면 뭐 하나? 저 사람들은 녹림의 주인이고, 장강의 신이라고 껄떡대는 사람들인데. 그나마 내가 최선을 다해 말려서 이 정도인 거야. 안 그랬으면 벌써 진즉에 쌍코피 터지게 싸웠어!"

"그래?"

설무백이 몰랐다는 표정으로 고개를 끄덕이고는 이내 피식 웃으며 강상교를 칭찬했다.

"잘했어. 앞으로도 그렇게만 해. 나이 헛먹어서 꼬장꼬장 성질만 부리는 노인네나 젊은 혈기에 앞뒤 안 가리고 빽빽 거리는 사팔뜨기보다는 그래도 강상교 네가 낫다."

강상교가 기분 좋은 표정으로 슬쩍 산신군과 하백을 바라보며 보란 듯이 어깨를 으스댔다.

산신군이 일그러진 표정으로 설무백을 바라보며 물었다.

"그러니까 내가 나이 헛먹고 꼬장꼬장하게 성질만 부리는 노인네인 거지?"

설무백이 냉정해진 눈빛으로 바라보며 퉁명스럽게 되물었다.

"아닌 것 같아?"

산신군이 흡사 그의 눈빛에 압도당한 것처럼 찔끔하며 기어들어가는 목소리로 구시렁거렸다.

"내가 나이를 헛먹어서 꼬장꼬장 한 것이 아니라 본디 태생적으로 모난 구석이 좀 있어서 종종 성질을 부리는 건데, 그걸 가지고 그리……."

"그게 그거니까 그만하지?"

설무백이 무심한 듯 냉정하게 잘라 말했다.

"더하면 욕되고, 그럼 섭섭하잖아?"

산신군이 대번에 꿀 먹은 벙어리처럼 입을 다물었다.

산전수전 다 겪은 노강호답게 쓸데없이 말을 길게 끄는 것을 거북해하는 설무백의 눈치를 바로 읽은 것이다.

하백이 그때를 기다린 것처럼 나서며 말했다.

"야, 섭섭한 건 나다. 내가 젊은 혈기에 앞뒤 안 가리고 빽빽거린다는 건 인정하겠는데, 그래도 사팔뜨기라고 놀리는 건 너무 심하지 않냐? 인신 모독이야 그거?"

설무백은 도리어 이맛살을 찌푸리며 반문했다.

"친구끼리 인신 모독 좀 하면 어때서?"

하백이 선뜻 대꾸를 못하다가 뒤늦게 멋쩍은 표정으로 입맛을 다시며 물러났다.

"아, 그게 또 그렇게 되나……?"

설무백은 보란 듯이 눈총을 주고는 그제야 장내에 나타난 이후 처음으로 현각대사 이하 무림맹의 고수들에게 시선을 주었다.

"하도 저마다 개성이 강한 사람들이라 행여나 정말로 칼부림을 하면 어쩌나 하고 걱정했는데, 그러지는 않았네요. 대충 다들 감정 정리가 된 것 같으니, 우선 통성명부터 하죠?"

무림맹의 고수들은 다들 하나같이 황당한 표정으로 설무백의 시선을 마주하고 있었다.

꿔다 놓은 보릿자루처럼 내내 뒷전으로 밀려 있어서가 아니었다.

천하제일의
주인

작금의 상황에 놀라고 당황한 것이다.

당연한 반응이었다.

상대방들은 다른 누구도 아닌 녹림의 왕이라는 녹림도 총표 파자와 장강의 신이라는 장강수로십팔타의 총타주 하백, 그리고 누대에 걸쳐 육지용왕이라는 별호를 가장 많이 차지하는 황하수로연맹의 실세인 부맹주 강상교였다.

그런 고수들과 마치 죽마고우(竹馬故友)처럼 격의 없는 대화를, 그것도 반말로 나누는 설무백의 모습은 천하에 내로라하는 고수들인 그들에게 실로 놀랍고 당황스럽기 짝이 없는 것이다.

설무백은 그런 그들의 마음을 전혀 모르는 것처럼 아무렇지도 않게 둘러보며 채근했다.

"통성명 안 해도 되겠어요?"

현각대사가 마음을 다잡은 듯 미소를 지으며 나섰다.

그는 자신의 속내를 전혀 속이지 않으며 말했다.

"놀랍구려. 설 대협이 세 분과 이리도 깊은 친분을 가졌는지는 정말 예상치도 못한 일이외다."

설무백은 다른 대꾸 없이 그저 특유의 미온한 미소를 보이는 것으로 현각대사의 말을 받아넘겼다.

현각대사가 평정을 되찾은 얼굴로 무림맹의 고수들을 둘러보았다. 의중을 묻는 것이다.

그러나 찬물도 위아래가 있다고 선후를 지키려는 것인지 아니면 아직 마음의 준비가 안 된 것인지 선뜻 다른 내색을 하거나 나서는 사람은 없었다.

현각대사가 그제야 먼저 나서서 산신군 등을 향해 소림사 특유의 한손 합장으로 인사했다.

"소림의 현각이오. 소문으로만 듣던 흑도의 대협들을 이렇게 만나 뵙게 되어 실로 영광이외다. 모쪼록 무림의 평화를 위해 이번 일만이 아니라 앞으로도 잘 부탁하오."

산신군이 먼저 나서며 공수했다.

"내 입으로 나를 산신군이라고 소개하는 건 너무 멋쩍으니 그냥 산귀라고 해 둡시다. 그 또한 나를 제대로 소개하는 명호이니 말이오."

그리고 하백을 바라보았다.

하백이 늘 그렇듯 시큰둥한 태도로 공수하며 짧게 자신을 소개했다.

"장강의 하백이오."

그리고 그 또한 시선을 돌려서 강상교를 바라보았다.

강상교는 바로 인사하지 않고 황하수로연맹의 맹주인 수조일옹 가소유에게 시선을 주었다.

"허허……!"

가소유가 어색한 너털웃음을 흘리고 나서 인사했다.

"황하의 가소유외다. 그리고 거두절미하고 밝히겠소. 차제에 황하수로연맹의 모든 대소사는 여기 있는 강 부맹주가 관장할 것이니, 다들 그리 알고 대처해 주길 바라오. 사실 본인은 이번 일을 끝내고 자리를 내주려 했으나, 아무래도 돌아가는 분위기를 보니 지금이 적기인 것 같소이다."

"맹주님!"

강상교가 적잖게 놀라며 나섰으나, 가소유는 이미 마음을 굳힌 듯 고개를 저으며 다시 말했다.

"다른 소리 말고 그리하세. 자네 마음은 내 익히 잘 알고 있으나, 본디 늙은이가 물러날 때를 모르고 버티면 측근들이 생고생을 하는 법이네. 나는 이제 물러나겠거니와 이대로 돌아가서 모처에 대기하고 있는 우리 식구들에게 황하의 주인이 바뀌었음을 선언하고 작별을 고할 테니, 그리 알게."

"……!"

가소유의 너무나도 확고한 태도 때문인지 강상교는 더 이상 만류하지 못하고 있었다.

가소유가 그사이 설무백과 현각대사 등, 무림맹의 고수들을 향해 공수하며 자리를 떠났다.

"그럼 무운을 비오!"

현각대사가 저 멀리 사라지는 가소유의 모습을 지그시 바라보며 실로 놀랍다는 듯이 감탄했다.

"과연 세상에는 인물이 많구려. 황하의 주인 자리를 이렇듯 기꺼이 후배에게 내주는 사람이 있을 거라고는 빈승으로서도 감히 상상하지 못한 일이오. 이런 것을 두고 유종의 미라고 하는 것이겠지요."

하백이 문득 혼잣말로 뇌까렸다.

"싸움이 겁나서 저러는 것 같지는 않은데, 뭐지? 이 아삼삼하면서도 똥이 나올 듯 말 듯 하나가 결국 나오지 않아서 밑도 안 닦고 일어나는 바람에 떨떠름해진 것 같은 묘한 기분은?"

좌중의 모든 사람들이 일부는 어리둥절해하고, 일부는 매우 불편해진 눈초리로 하백을 바라보았다.

특히 현각대사의 눈빛에는 사뭇 분노가 서려 있었다.

그간 친분이 있고 없고를 떠나서, 그리고 그의 생각을 무시하며 소유의 숭고한 정신을 지체 없이 폄하하는 하백의 태도가 실로 마뜩찮았던 것이다.

이상한 것은 당사자라 할 수 있는 강상교의 반응이었다.

강상교는 하백의 말과 상관없이 가소유의 모습이 사라질 때까지 침묵한 채 지켜보고 있다가 설무백을 향해 불쑥 물었다.

"어때?"

"어떻긴 뭐가 어때?"

설무백은 대뜸 면박을 주듯이 대꾸하고는 재우쳐 물었다.

"이 자리에 오기까지 단속은 잘했지?"

강상교가 이유를 모르게 한숨을 내쉬며 대답했다.

"혹시나 아무도 만나지 못하도록 곁에 딱 붙어 있긴 했지. 근데, 정말 그렇게 보이는 거야?"

"그렇게 보이는 게 아니라, 정말 그런 거야!"

"젠장!"

설무백은 사뭇 냉담하게 답변해 주자, 강상교가 힘겨운 낯으로 변해서 욕설을 뱉어 냈다.

장내의 그 누구도 제대로 알아들을 수 없는 그들만의 대화였다.

장내의 모두가 어리둥절해하며 그들을 바라보는 가운데, 설무백이 단호하게 한 사람을 호출하며 말했다.

"혈 노! 쫓아가서 대체 누구를 만나려고 저리 허겁지겁 자리를 떠나는 건지 확인해 봐!"

암중인 어디선가 혈뇌사야의 칼칼한 목소리가 들려왔다.

"확인한 다음에는요?"

설무백은 짧게 지시했다.

"죽여!"

암중의 혈뇌사야가 음충맞은 기소를 흘렸다.

"흐흐, 그 명령을 기다렸습니다. 그럼 다녀오겠습니다."

처음 목소리가 들려왔을 때처럼 좌중의 그 누구도 아무런 변화를 느끼지 못하는 사이에 혈뇌사야가 장내를 떠났다.

설무백은 그제야 현각대사 등을 향해 말했다.

"제가 말하지 않았습니까. 제게 조금 특별한 능력이 있다고 말입니다."

현각대사의 안색이 변했다.

잠시 망각하고 있던 기억을 떠올라서 작금의 사태를 이해한 것이다.

다른 누구는 너무 놀란 듯 그걸 입 밖으로 내기까지 했다.

"수조일옹이 마교라고……?"

산동대협 용수담의 부르짖음이었다.

그 바람에 작금의 사태를 제대로 이해하지 못하던 다른 사람들도 이제야말로 확실하게 이해하게 되었다.

수조일옹 가소유는 마교의 일원이거나 혹은 마교의 일원이 그로 화한 것이고, 강상교는 내내 그것을 의심하고 있었으며, 설무백은 첫눈에 그것을 알아본 것이었다.

설무백은 혹시나 하는 마음에 늦게나마 설명을 아끼지 않았다.

"진짜 수조일옹 가소유, 가 노선배가 아닐 수도 있지요. 언제부터인지는 몰라도, 누군가 가 노선배를 죽이고 대신 그 역할을 하고 있었을 수도 있다는 얘깁니다. 내면에 억눌러 놓은 마기의 존재는 차치하고, 얼굴이 조금 부자연스럽게 보였는데, 그건 낯설어서가 아니라 변체환용술을 익히지 못해서 정교한 면피를 뒤집어쓴 것일 수도 있다는 의심이 들었으니까요."

희여산이 말꼬리를 잡으며 예리하게 꼬집었다.

"내면에 마기를 품고 있다고 해서 전부 다 마교의 무리로 볼수는 없지 않나요? 설 공자 같은 사람이 더 없으리라는 보장이 없으니까요."

설무백의 판단과 행동을 탓하려는 것이 아니었다.

그녀는 그저 지금의 행동처럼 매사에 정확한 것을 좋아하는 사람이었다.

설무백은 그런 그녀의 성정을 익히 잘 알고 있기에 별다른 감정 없이 대답해 주었다.

"마교의 무리가 아니라면 배신자인 거지. 그것도 오래전부터. 내가 감지한 마기는 최소한 마두급이었는데, 그걸 가장 신임하는 동료에게 속일 이유는 어디에도 없으니까."

말을 하는 도중에 설무백의 시선은 강상교에게 돌려져 있었다.

강상교가 못내 힘겨운 표정을 지으며 말했다.

"오래 함께한 분이다. 그게 사실이라면 내 무능이니 입이 열 개라도 달리 할 말은 없다만, 나는 아직도 아니길 기대한다. 아니라는, 나나 너의 예상과 달리 피치 못할 사정이 있을 수도 있으니, 그럴 일말의 가능성이 있다면 그것부터 확인하고 싶다."

"그러니까……."

설무백은 무심하게 잘라 말했다.

"지금 이 시점에 귀중한 시산을 크게 할애해서 뒤를 밟아 보라고 한 거야. 안 그랬으면 여기서 그냥 죽였지."

강상교가 못내 침통해진 표정으로 고개를 끄덕였다.

희여산도 이제야 확실하게 납득한 듯 어깨를 으쓱이며 물러났다.

설무백은 그제야 가볍게 손뼉을 치는 것으로 장내의 분위기를 쇄신하며 화제를 돌렸다.

"자, 그럼 이제 지금부터 어떻게 싸울지나 논의해 볼까요?"

황하수로연맹의 맹주 수조일옹 가소유는 마교의 마두가 아니고, 하물며 중원무림을 등진 배신자도 아니었다.

적어도 그 자신은 그렇게 생각하고 있었다.

가소유는 설무백의 예상과 달리 가짜가 아니라 그저 자신의 의지와 판단대로 움직이는 진짜였던 것이다.

그리고 가소유를 그렇게 움직이도록 유도한 것은 바로 무공이었다.

지난 어느 날 정체 모를 노인이 남몰래 그의 거처를 방문해서 내민 비급의 무공은 실로 그처럼 유혹적이었다.

여태 그가 한 번도 접해 본 적이 없고, 두 번 다시 접해 볼 수도 없을 것 같은 고강한 무공이었다.

또한 그 대가도 참으로 쉽고 간단했다.

주기적으로 황하수로연맹의 사정과 중원무림의 동향을 알려 주면 그만이었다.

그래서였다.

가소유는 바로 승낙했다.

무인이 강해지려는 욕망을 가지는 것은 배가 고프면 밥을 먹고 싶어지는 것처럼 너무도 당연했다.

게다가 그는 다른 누구보다도 강해지고 싶은 욕망이 강했다.

오랜 세월 육지용왕 이차도 밑에서 또한 천패수룡 하구장 밑에서 구박받고 눈칫밥을 먹으며 살아온 세월이 대체 얼마인가.

남들은 그런 그를 두고 황하수로연맹의 발전을 위해 평생을 바친 흑도의 군자로 칭송하고 있지만, 정작 그 자신은 그러고 싶어서 그러는 것이 아니라 힘이 없어서 참으며 죽어 지낸 세월일 뿐이었다.

그런데 인생사 새옹지마(塞翁之馬)라고 마침내 그에게도 기회가 찾아온 것이다.

정체불명의 노인이 마교의 인물이고, 비급의 무공이 마공이라는 것은 첫눈에 짐작할 수 있었지만, 그것이 그에게 거부할 이유는 되지 못했다.

마교면 어떻고, 마공이면 또 어떤가.

편식하는 아이가 튼튼하게 자라지 않는 것처럼 무인이 강해지는 데 무공을 가리는 것은 절대 옳지 않은 것이다.

무엇보다도 구대문파가 행세하든 마교가 행세하든 무림은 무림일 뿐이었다.

그는 무림에 사는 무인으로서 그저 더 나은 미래를 위해 강해지면 그만이었던 것이다.

그런데 역시나 인생은 새옹지마라 길흉화복은 뜻대로 되는 것이 아닌 모양이었다.

만사형통할 줄 알았는데, 예기치 않은 사태가 발생해 버렸다.

육지용왕 이차도가 죽은 이후 황하수로연맹의 맹주로 올라
선 천패수룡 하구장이 돌연 사망하는 바람에 우습지 않게도 그
가 맹주로 추대되어 버린 것이다.

　실로 난감한 일이었다.

　황하수로연맹의 맹주가 된다는 것은 사람에게는 영광이고
홍복일지 몰라도 그에게는 전혀 그렇지가 않았다.

　애초에 그는 선두에 서고 싶은 사람이 아니었다.

　높은 자리에서 대우받으며 권력을 휘두르고 싶기는 하나,
선두에서 주목받으며 살고 싶지는 않았다.

　주목 받으면서 사는 사람이 어깨에 짊어져야 하는 삶의 무게
를 익히 잘 알기 때문에 그랬다.

　권력은 가지고 싶지만 주목받고 싶지는 않는, 그래서 그게 좋
은 일이든 나쁜 일이든 하고 싶은 것은 마음대로 하며 사는 인생
을 살고 싶다는 알량한 양면성을 가진 사람이 바로 그였다.

　게다가 무엇보다도 강호무림의 주인은 아직 가려지지 않았
고, 그는 미처 비급의 마공을 대성하지 못한 상태였다.

　그리고 하필이면 선봉에 서서 그를 맹주로 추대한 사람이 그
보다 더 뛰어난 인물이라고 자타가 공인하는 황하수로연맹의
실세인 강상교라는 것도 매우 거북하기 짝이 없었다.

　그 때문이었다.

　가소유는 이제나저제나 물어날 기회만을 엿보고 있었다.

　가소유가 내심 무리라는 생각을 하면서 무림맹주 등의 면전

에서 서둘러 자신의 자리를 강상교에게 넘겨주고 그 자리를 떠나온 것은 바로 그와 같은 사연과 내막이 중첩된 결과였다.

이제는 마교총단의 팔대호법 중 하나인 굉광불(轟狂佛) 우초(雨草)라는 것을 아는 그때의 그 노인에게 난데없이 무림의 모든 세력이 연합해서 쾌활림을 공격한다는 사실을 미처 알리지 못한 것도 마음에 걸리고, 본의 아니게 선봉에 서서 쾌활림과 싸워야 하는 것도 내키지 않았다.

우선 작금의 사태를 우초에게 알리는 것이 급선무였다.

이후의 행보는 그다음에 결정할 일이었다.

그는 아직 어디에 붙는 것이 더 자신에게 유리한지 판단이 서지 않아서 결정을 유보하고 있는 상태였다.

'일단 우초의 반응을 보면 판단이 서겠지.'

우초가 정말로 이번 사태에 대해서 전혀 모르고 있다면, 아니, 모르고 있는 것은 상관없지만, 사태를 알고 나서 크게 놀란다면 그는 마교로 기우는 것을 조금 더 유보할 생각을 가지고 있었다.

그랬는데, 전력을 다해서 반나절을 쉬지 않고 달려간 장소, 대외적으로는 낡고 허름한 마장(馬場)이나, 실제는 마교총단이 중원에 깔아 둔 비밀지부 중 하나에 도착한 그는 실로 애매한 입장에 놓이게 되었다.

비밀 지부에서 그를 맞이한 사람은 악소(岳沼)라는 인물로, 적어도 칠십 대로 보이는 추레한 몰골의 마의노인이었는데, 마교총단의 우초에게 급히 연락을 취해야 한다는 그의 애기를 듣고도 한가하게 앉아서 차나 홀짝이며 느긋하기 짝이 없는 태도로 일관하며 그의 속을 태웠던 것이다.

"미안하지만 지금 당장은 연락할 방법이 없소. 본디 중원의 사정을 총단으로 보내는 것은 보통의 경우 전서를 이용하고, 대지급인 경우 마마진경을 사용하는데, 하필이면 지금 마마진경을 운영할 수 있는 사람이 자리를 비워서 말이오."

"그 사람이 언제 돌아오는 거요?"

"글쎄……? 내가 보기엔 빨라도 내일 아침이나 돼야 하지 않을까 싶구려."

"……!"

가소유는 다급해졌다.

"그때는 늦소!"

악소가 난감하다는 건지 귀찮다는 건지 모르게 입맛을 다시고 이맛살을 찌푸리며 말했다.

"대체 무슨 일인데 그러는 거요? 나도 무슨 내막을 알아야 화급을 다투는 일인지 아닌지 판단해서 다른 방도를 강구해야 할지 말아야 할지 결정할 것이 아니겠소."

가소유는 이제야 보았다.

시큰둥하게 반응하며 바라보는 악소의 두 눈에는 못내 예리한 빛이 갈무리되어 있었다.

이건 다른 이유가 없었다.

마교총단의 내부에 알력이 존재한다는 뜻이다.

지금 그의 눈앞에 있는 악소는 그간 그가 접촉했던 우초와는 다른 파벌의 인물인 것이다.

'반백년을 넘게 눈칫밥만 먹고 살아온 내 앞에서 감히 이런 개수작을……!'

가소유는 속에서 욕지기가 치밀어 올랐으나, 언감생심 감히 입 밖으로 내지는 못했다.

하물며 순순히 작금의 상황을 알려 줄 수도 없었다.

하지만 그렇다고 이렇게 막무가내로 시간을 끌 수도 없는 상황인지라, 그는 어쩔 수 없이 차선책을 선택했다.

모름지기 이런 경우에는 상대의 흠을 잡으며 책임을 전가하는 것밖에는 다른 도리가 없었다.

"우 호법에게 전해야 할 사안이오. 그런데 전할 수 없다니 어쩔 수 없구려. 알겠소. 본인은 이대로 그냥 물러갈 터이니, 나중에 그 마마진경을 운영할 수 있는 자가 오거들랑 우 호법에게 내가 다급한 일로 왔었더라고 연락이나 해 주시오. 아, 참, 귀하의 이름이 악소라고 했지요? 별건 아니고, 혹시나 나중에 우 호법이 물어보면 이름은 알고 있어야 할 것 같아서…… 그럼 본인은 이만……!"

"아니, 저기……!"

악소가 돌아서는 가소유를 다급히 불렀다.

가소유는 내심 회심의 미소를 지으며 돌아서서 아무렇지도 않은 듯 무심하게 되물었다.

"왜 그러시오?"

악소가 멋쩍게 웃으며 말을 얼버무렸다.

"아, 그게 그가 혹시 내 생각과 달리 빨리 올 수도 있지 않겠소. 그러니 조금 더 기다려 보는 게 어떻겠소?"

가소유는 애써 내색을 삼가고는 있으나, 악소의 눈빛 내면에 서린 다급함을 충분히 읽을 수 있었다.

그래서 더욱 태연해졌다.

다른 건 몰라도 이런 식의 눈치 싸움은 자신과 대적할 만한 사람이 드물다는 것이 그의 자부심이었다.

"본인도 그러고 싶긴 한데, 따로 할 일이 있어서 말이오."

그리고 무심히 돌아섰다.

악소가 이번에야말로 다급한 어조로 그를 불러 세웠다.

"아, 저기 그러지 말고 조금만 기다려 보시오. 내가 경황이 없어서 깜빡했는데, 애들에게 물어보면 그 친구가 어디로 볼일을 보러 갔는지 알 수도 있을 것 같소."

가소유는 천천히 돌아섰다. 그리고 사뭇 싸늘하게 굳힌 눈빛으로 악소를 쳐다보며 불쑥 물었다.

"솔직히 말해 보시오. 내가 누군지 알지요?"

"……!"

악소가 안색이 변해서 굳어졌다.

실로 한 방 얻어맞은 표정이었다.

가소유는 절로 고소를 금치 못했다.

앞서 그는 자신을 그저 가 아무개라고 두루뭉술하게 소개했다.

하지만 지금 악소의 반응은 틀림없이 그를 알고 있었다는 방증이었다.

가소유는 그런 확신을 가지고 싸늘하게 엄포를 놓았다.

"다 그만두고 단도직입적으로 말하겠소! 지금 당장 우 호협에게 연락을 취해 주시오! 그럴 수 없다면 이후 벌어질 사태에 대한 책임은 틀림없이 귀하가 지게 될 것이오!"

"······?"

악소가 처음에는 충격을 먹은 표정이다가 이내 어리둥절해하는 표정으로 바뀌었다.

가소유는 왜 그러나 싶고, 못내 혹시나 자신이 너무 세게 나간 건가 하는 걱정이 들었다.

그런데 그게 아니었다.

"누구······? 같이 온 사람이오?"

악소가 묻고 있었다.

어리둥절해하는 그의 시선이 가소유의 뒤쪽을 가리키는 중이었다.

가소유는 뭐지 싶어서 급히 돌아보았다. 그리고 그 역시 못내 어리둥절해하고 말았다.

그들이 대화를 나누는 장소인 대청의 문은 굳게 닫혀 있었고, 열린 적이 없었다.

그런데 언제 어떻게 나타났는지 모르게 대청의 문 앞에 피에 젖은 것처럼 붉은 적포를 걸친 노인 하나가 우두커니 서 있었다.

"아니, 나는 혼자 왔는데……?"

당황스러워하며 흘린 가소유의 말을 들은 악소의 두 눈이 대번에 싸늘하게 변했다.

"누구냐, 너는?"

적포노인, 바로 가소유의 뒤를 따라온 혈뇌사야는 대답하지 않았다.

깊게 눌러쓰고 있던 방립을 슬쩍 들고 바라보며 그저 묘하게 웃는 그의 두 눈에 정말 재미있다는 빛이 떠오르고 있었다.

악소가 두 눈에 살기를 띠며 윽박질렀다.

"좀도둑이라면 길을 잘못 들었다! 여기가 어딘 줄 알고 감히……!"

"으하하하……!"

혈뇌사야가 대뜸 보란 듯이 배를 부여잡으며 길게 웃었다.

악소가 이맛살을 찌푸리며 정말 묘하다는 표정으로 그런 혈뇌사야를 바라보았다.

어딘지 모르게 낯설지 않다는 느낌을 받은 것이다.

혈뇌사야가 그 순간에 웃음을 그치고 방립을 뒤로 넘기며 악소를 향해 말했다.

"숙부인 악 노야를 배신하며 세상이 좁다하고 시끄럽게 나대기에 떵떵거리고 잘 살 줄 알았더니만, 고작 중원에 숨어서 심부름이나 하고 있었더란 말이냐, 악소야?"

악소는 한 방 맞은 표정이 되었다.

그럴 수밖에 없는 것이, 숙부인 악 노야라 함은 바로 그의 숙부인 마교총단의 전대 단주 독수신옹 악불군(岳佛君)을 뜻했고, 그가 숙부를 배신한 사실을 아는 사람은 극히 드물었다.

무엇보다도 그의 숙부인 독수신옹 악불군을 그저 악 노야라고 부를 수 있는 사람은 마교총단을 통틀어도 손가락에 꼽혔다.

"대체 누구……?"

악소는 무심결에 다시 묻다가 이내 얼굴이 새파랗게 질려 버렸다. 혈뇌사야의 정체를 짐작하게 된 것이다.

"서, 설마……? 혈뇌사야……?"

"왜 아니겠냐, 이 호래자식아!"

혈뇌사야가 씹어뱉듯 일갈하며 악소를 향해 손을 뻗었다.

순간적으로 그의 손에 형성된 붉은 기류가 섬광처럼 빠르게 쏘아져 나갔다.

"헉!"

악소가 절로 헛바람을 삼키며 쌍수를 내밀었다.

부지불식간에 방어한 것이지만, 소용없었다.

펑―!

가죽 북이 터져 나가는 듯한 폭음과 함께 날아간 악소의 신형이 저만치 벽에 부딪쳤다가 튀어나와서 바닥에 엎어졌다.

"컥!"

뒤늦게 터진 신음이 장내를 울렸다.

동시에 반사적으로 일어난 악소가 입으로 피를 흘리면서도 다급하게, 그야말로 허겁지겁 돌아서서 창문을 향해 신형을 날렸다.

감히 대적할 엄두조차 내지 못하고 도망치려는 것이다.

그러나 그도 소용없었다.

대적조차 엄두가 나지 않는 사람의 면전에서 도망치는 것은 차라리 대적하는 것보다 더 어려운 일이다.

혈뇌사야는 어느새 악소가 도망치려는 창문 앞에 홀연히 나타나고 있었다.

"익!"

악소는 지체 없이 돌아섰다.

"흥!"

혈뇌사야가 싸늘한 코웃음을 날리며 손을 뻗었다.

앞서보다 배는 더 짙은 색조의 붉은 기류가 그의 손을 떠나 악소의 등을 강타했다.

퍽-!

둔탁한 타격음이 울렸다.

그 뒤를 따른 단말마와 함께 피와 살점이 사방으로 비산했다.

"크아아악!"

비명을 내지른 악소는 한쪽 팔과 어깨를 비롯한 상체의 절반이 날아간 몸으로 바닥에 쓰러졌다.

아직 살아서 꿈틀대고는 있으나, 살아도 산목숨이 아닌 모습이었다.

혈뇌사야가 어느새 그 곁으로 이동해서 그의 머리를 발로 밟으며 씹어뱉듯 말했다.

"네 숙부인 악 노야는 몇 되지 않는 마도의 인물이다! 감히 너 같은 쓰레기가 감히 그런 분을 시기해서 배신하고 모함하다니, 그게 가당키나 하단 말이냐!"

그는 악소의 머리를 밟은 발에 힘을 가하며 싸늘하게 말을 더했다.

"죽기 전에 잘 새겨들어라! 사내의 시기는 발전의 계기가 되지만 너 같은 쓰레기의 시기는 주변은 물론 너 자신까지 망치는 거다! 지금 그래서 네가 죽는 거다!"

말이 끝나기 무섭게 섬뜩한 파열음이 울렸다.

악소의 머리가 수박처럼 터져 나가는 소리였다.

가소유는 그때까지도 제자리에서 꼼짝도 하지 않은 채 경악과 불신에 찬 두 눈만 부릅뜨고 있었다.

고양이 앞의 쥐나, 뱀 앞의 개구리와 같았다.

도무지 인간의 것으로 보이지 않는 혈뇌사야의 가공할 무공 앞에서 두 발이 떨어지지 않았던 것이다.

그래도 말은 할 수 있었다.

"대, 대체 다, 당신은 누구요?"

혈뇌사야는 피식 웃으며 대꾸했다.

"죽을 놈이 그건 알아서 뭐 하게?"

가소유는 한층 더 움츠러들었다.

혈뇌사야의 가없는 기세에, 온몸을 거미줄처럼 휘감는 압도적인 살기에 완전히 압도당해 버린 것이다.

"나, 나는……!"

힘겹게 입을 연 가소유는 절규하듯 소리를 질렀다.

"나는 잘못 없어! 이, 이건 배신도 배반도 아니야! 나, 나는 그저 나를 위해서 최선을 다해 살았을 뿐이라고!"

혈뇌사야는 절로 고개를 갸웃했다.

대체 뭐라고 지껄이는 건지, 대체 무슨 말을 하는 건지 도통 모르겠다는 표정이었다.

그러다가 그는 마치 이해했다는 듯 고개를 끄덕이며 말했다.

"그래, 그럼 최선을 다해서 살았으니 최선을 다해서 죽어라!"

말과 동시에, 하지만 말보다 빠른 것처럼 느껴지는 행동으로 활짝 퍼진 그의 손바닥이 가소유를 향해 뻗어졌다.

예의 그 피처럼 붉은 기류, 바로 혈무사환공에 기인한 절대마수, 혈인수였다.

가소유는 두 눈으로 크게 확대되는 붉은 빛을 뻔히 보면서도 꼼짝하지 못하고 그대로 서 있었다.

움직일 여유도, 시간도 없었다.

혈뇌사야의 손을 떠난 붉은 빛은 그가 보았다고 느끼는 순간 이미 그의 가슴에 달라붙어 있었기 때문이다.

쾅-!

혈뇌사야의 손에서 뻗어진 붉은 빛, 바로 핏빛 강기의 결정체인 혈인수는 시전할 때는 별다른 소리가 없었으나, 가소유의 가슴에 닿아서는 상상도 할 수 없는 큰소리를 내며 폭발했다.

그것으로 끝이었다.

가소유는 앞선 악소보다 더 처참하게 상체가 박살 나서 피 떡으로 변한 몸으로 비명조차 지르지 못하고 죽어서 바닥에 쓰러졌다.

때를 같이해서 경호성이 터지며 주변이 소란스러워졌다.

"적이다!"

"웬 놈이야?"

칼을 뽑아 든 몇몇 사내들이 대청으로 들이닥치고 있었다.

혈뇌사야는 그대로 솟구쳐서 천장을 뚫고 지붕으로 올라섰다.

전신에 마기를 드러낸 십여 명의 사내들이 전각을 에워싸고 있는 모습이 그의 시선에 들어왔다.

그는 그냥 가려다가 하늘을 올려다보았다.

밤하늘은 짙어진 어둠에 드리워져 있었으나, 아직 계명성(啓明星)의 기운은 코빼기도 보이지 않고 있었다.

새벽은 아직 멀리 있는 것이다.

"생각보다 너무 멀리 와서 그다지 여유가 없긴 하지만 아직 싸움은 시작되지 않았을 테고⋯⋯."

혈뇌사야는 걱정하는 듯한 낯빛으로 뇌까리다가 이내 입가에 튄 핏방울을 혀로 핥으며 히죽 웃었다.

"⋯⋯이런 애들을 그대로 두고 가는 건 정말 세상에 대한 예의가 아니니, 공자님도 능히 이해해 주실 게야."

자신이 결정하고 스스로 납득한 혈뇌사야는 순간적으로 흐릿한 핏빛으로 변해서 사라졌다.

도살이 시작되는 순간이었다.

혈뇌사야의 예상대로 아직 싸움은 시작되지 않았다.

실로 정예만을 선발해서 동원했다고는 하나, 무림맹과 녹림맹, 장강수로십팔타, 황하수로연맹의 인원을 다 더하면 이천에 달하는 병력이었고, 그들은 하나같이 각기 다른 세력의 사람들과 친분은커녕 일체의 안면도 없는 사람들이었다.

그들 모두가 상호간에 적이 아닌 아군임을 인식할 수 있는 방법을 정하고 공격 방향을 정해서 알려 주는 것만으로도 적잖은 시간이 소요되었다.

다행히도 다들 지휘 계통이 확실하게 확립되어 있는 까닭에 시기를 놓치지는 않았으나, 그 모든 수단을 강구하고, 만일의 경우를 대비해서 흑화까지 정하고 나자 어느새 밤이 깊어져 있었다.

산신군이 그 자신 스스로도 반신반의하던 사실을 설무백 등 모두에게 밝힌 것은 그때였다.

"……본인이 그자를 본 지가 언 십여 년 전의 일이고, 당시 그자의 신법이 워낙 예사롭지 않아서 확신할 수는 없소. 다만 개인적인 느낌은 분명 그자, 사도진악이었소."

성마른 성격의 소유자인 종남파의 장문인 맹검수사 부약도 가 반색하며 눈이 커져서 나섰다.

"그게 사실이라면 빈집 털이네! 그럼 이럴 게 아니라 지금 당장 치고 들어갑시다!"

용수담이 끌끌 혀를 차며 말렸다.

"자넨 그 불같은 성질 좀 죽이게! 확실하지 않다는 얘기 듣 지 못했나?"

부약도가 찔끔해서 물러났다.

이유는 모르겠으나, 그는 유독 용수담에게 한없이 약했다.

현각대사가 슬쩍 설무백을 쳐다보며 물었다.

"설 시주는 어떻게 생각하오?"

설무백은 생각하는 그대로 가감 없이 대답했다.

"사도진악이 적수를 찾기 어려운 고수인 것은 맞습니다. 하 지만 사도진악이 쾌활림에서 가진 비중은 고작 일 할을 넘지 않습니다. 나머지 전력이 팔 할이고, 그중에 사 할은 사도진악 이 마교대법으로 구축한 강시들입니다. 다들 그 점을 주의해야 할 겁니다. 그동안 얼마나 많은 강시를 만들었는지는 몰라도,

하나하나가 특급의 소수와 비등하거나 오히려 앞서는 수준일 테니까요."

"음."

현각대사가 무거워진 낯빛으로 침음을 흘렸다.

다른 사람들도 미처 그 점을 주지하지 못하고 있었던 듯 무거운 표정으로 변했다.

그때 산신군이 다시 나섰다.

"그런데 묘한 것이 하나 있소. 내가 사도진악이라고 느낀 그자가 총단을 빠져나간 다음, 얼마 지나지 않아서 흑표라는 쾌활림의 정예라는 흑사자들의 수뇌 하나가 그자를 따라갔소. 주변을 살피며 매우 은밀하게 그자가 사라진 방향으로 따라가는 것으로 봐서 분명 미행이었소."

"흑표가……?"

설무백은 대번에 관심을 보였다.

"확실한가, 흑표가?"

좌중의 시선이 일제히 산신군에게 쏠렸다.

산신군이 자신과 설무백이 나이를 초월해서 우애를 다지는 사이라고 이미 밝혔음에도 여전히 설무백의 반말을 어색해하는 기색이긴 했으나, 의문이나 의혹은 모든 감정에 앞서는 까닭에 다들 눈빛이 반짝였다.

산신군이 바로 고개를 끄덕이며 대답했다.

"그자는 확실해. 정확히 봤어."

그리고 재우쳐 물었다.

"왜? 뭐 걸리는 거라도 있는 거야?"

설무백은 잠시 생각하고 나서 대답했다.

"그자의 뒤를 따라간 자가 흑표라면 아마도 그자는 사도진악이 맞을 거야."

산신군이 두 눈을 멀뚱거렸다.

"어째서 그리 확신하는 거지?"

설무백은 자신이 아는 흑표를 말해 주었다.

"대외적으로 알려지진 않았지만, 흑사자들의 상위 서열들은 죄다 사도진악의 무기명제자들이야. 그리고 그중의 둘째인 흑표는 여우 같은 머리와 살쾡이 같은 심장에 뱀 같은 마음을 가진 자라, 사부를 사부로 안 보고 언젠가는 밟고 일어서야 할 디딤돌로 보고 있거든. 그래서 항상 음으로 양으로 사도진악의 곁을 배회하지."

산신군이 뜨악한 표정으로 설무백을 바라보았다.

좌중의 모두가 그와 같은 표정으로 설무백을 바라보고 있었다.

산신군이 좌중의 심정을 대신하듯 물었다.

"걔들에 대해서 어떻게 그리 잘 아는 거야?"

"말하자면 길어."

설무백은 애써 에둘러 대답하고는 말문을 돌렸다.

"그보다 사실이 그렇다면 더 기다릴 필요 없겠네."

그는 현각대사에게 시선을 주며 재우쳐 말했다.

"그냥 지금 들어가죠?"

현각대사가 대답 대신 좌중의 인물들을 둘러보았다.

의중을 묻는 것인데, 대답은 승낙이었다.

좌중의 모두가 시선을 교환하며 고개를 끄덕이고 있었다.

"그럽시다, 그럼!"

설무백은 두 말없이 고개를 끄덕이며 돌아섰다.

현각대사가 그 뒤에 붙고, 좌중에서 앞으로 나선 일단의 무리가 그 뒤를 따랐다.

다들 각각의 세력을 대표하는 사람들이었다.

무림맹에서는 소림사의 장문방장이자 무림맹주인 현각대사와 무당파의 장문인 자허진인과 화산파의 장문인 적엽진인, 아미파의 장문인 금정신니, 종남파의 장문인 부약도, 진주언가의 가주인 언호량 등이 나섰고, 녹림맹에서는 산신군을 위시해서 추혼십절 구중선 등 세 명의 측근이, 장강수로십팔타에서는 하백을 위시해서 무풍마간 백천승 등 장강칠옹의 세 사람이, 황하수로연맹에서는 강상교를 위시해서 황하쌍룡(黃河雙龍)으로 불리는 신성들인 구지룡(九指龍) 착서(着署)와 독각룡(獨角龍) 반고(反辜) 등이 바로 그들이었다.

설무백은 그야말로 작금의 강호무림을 대표하는 인물들인 그들을 선도해서 대정산의 기슭에 자리한 쾌활림의 총단으로 출발했다.

계획은 간단했다.

강호무림을 대표하는 무인들인 그들을 데리고 정식으로 쾌활림을 방문해서 무조건 항복을 권유한 다음, 쾌활림이 항복을 선언하면 그중 마교의 하수인들만 색출해 처단하는 것이다.

그리고 그건 당연하게도 현각대사를 비롯한 무림맹주의 요인들이 적잖은 시간 동안의 상의 끝에 내린 결정이었다.

그들은 정도를 대표하는 인물들답게 마교의 주구 노릇을 하는 건 사도진악일 뿐, 예하의 수하들은 아닐 수도 있다는, 적어도 많은 사람들이 아닐 거라는 판단 아래, 수백 수천이 죽어 나갈 싸움에 앞서 회유를 선택한 것이다.

그러나 대개의 경우 간단한 일일수록 실천하기가 매우 어려운 법이었다.

이번의 그들도 그 범주를 벗어나지 못했다.

내가 아무리 진심으로 호의를 가지고 나섰어도 상대가 그걸 인정해 주지 않으면 만사도로아미타불인 것이다.

쾌활림이 그랬다.

대문을 지키는 문지기부터가 그렇게 나왔다.

"뭐라고?"

"무림맹의 현각이오."

"이게 지금 누굴 미친년 핫바지로 보나……! 야, 이 호랑말코 같은 놈아! 네가 무림맹주인 현각대사면 나는 지옥을 관장하는 명왕이다 이놈아! 감히 여기가 어디라고 이 늦은 시간에 찾아와서 그따위 개수작을……!"

문마루에서 그들을 내려다보던 쾌활림의 문지기는 애초에 무림맹주인 현각대사를 보고도 현각대사라고 믿지 않았다.

하지만 그도 눈은 있어서 그들 무리가 어딘지 모르게 심상치 않은 인물들이라는 것은 느낀 모양이었다.

대번에 쾌활림의 내부에서 요란한 경종이 울렸다.

뎅뎅뎅뎅뎅—!

현각대사는 실로 무색해진 표정이 되어서 뒤로 빠져 있던 설무백을 바라보았다.

설무백은 그저 무심히 어깨를 으쓱했다.

그는 당연히 이렇게 될 줄 알았기에 현각대사를 내세우고 뒤로 빠져 있었던 것이다.

물론 그런 사람은 설무백만이 아니었다.

산신군과 하백, 강상교 등 흑도의 성정을 누구보다도 잘 알고 있는 사람들도 이미 이렇게 되리라고 예견했고, 현각대사를 따라나선 무림맹의 명숙들 중에도 같은 생각을 하는 인물들이 적지 않았다.

그래서 누구는 투덜거리고, 다른 누구는 서둘러 현실적인 대안을 내놓았다.

"거보라니까, 글쎄."

"저들이 대비하기 전에 어서 칩시다!"

"그러시지요! 저들이 이미 경각심을 가졌다면 이렇게 시간을

끄는 것은 더욱 막대한 사상자를 부르는 일입니다! 지금 당장
공격하는 것이 좋습니다!"

예하의 고수들은 이미 쾌활림의 총단을 기점으로 사방에 포
진해서 공격하라는 신호가 떨어지기만을 기다리는 상태였다.

지금이라도 공격이 시작되면 쾌활림은 괴멸을 면치 못할 것
이 불을 보듯 자명했다.

그러나 그럼에도 불구하고 현각대사는 고집을 부렸다.

"섣부른 대항은 멸문을 자초하는 짓이다! 어서 내부에 알리
고 대문을 열도록 하라!"

돌아온 대답은 욕설이었다.

"지랄하고 자빠졌네! 여기가 어딘 줄 알고 감히 그따위 망발
을 지껄이는 게냐! 여기 흑도의 하늘은 쾌활림이다! 너희들이
야말로 객지에서 죽고 싶지 않으면 어서 썩 꺼져라!"

문마루의 사내가 어떤 지위를 가진 자인지는 모르겠으나, 상
당히 침착하고 또한 대범했다.

설무백이 보기에 그는 이미 현각대사가 진짜 무림맹주인 현
각대사임을 알아보았고, 그들의 정체가 바로 무림맹의 고수들
임을 간파한 눈치였으나, 일부로 거친 욕설로 대응하며 시간을
끄는 것 같았다.

사내의 흔들리는 눈빛과 대문 안쪽에서 부산하게 움직이는
기척이 그것을 대변하고 있었다.

하지만 설무백은 끝까지 나서지 않고 기다렸다.

이번 싸움을 결정하는 것은 그가 아니라 현각대사를 비롯한 강호무림의 세력들이어야 했다.

그가 이번 일에 굳이 강호무림의 모든 세력들을 끌어들인 이유는 쾌활림의 저력이 두려워서가 아니라 강호무림의 세력을 하나로 규합하기 위함이었기 때문이다.

마교를 상대하려면 강호무림의 세력이 하나로 뭉쳐야 한다는 것이 그의 판단이었다.

게다가 지금 현각대사의 태도는 나쁘지 않았다. 아니, 매우 잘하고 있었다.

지금 현각대사가 보여 주는 답답함은 단지 보다 더 확실한 명분을 얻기 위한 노력이라는 것이 그의 눈에는 보였다.

물론 어차피 오늘 싸움은 질 싸움이 아니기 때문에 느긋한 마음도 없지 않아 있었고 말이다.

'그래도 너무 늦으면……!'

곤란했다.

시간이 지체될수록 상대적으로 많은 사상자가 나올 터였다.

설무백이 내심 그런 걱정을 하며 은연중에 슬쩍 남궁유화를 바라보았다.

현각대사를 움직일 수 있는 사람이 그녀라고 생각하는 까닭이었다.

남궁유화가 그런 그의 생각을 읽은 듯 가만히 고개를 끄덕였다.

그때 그녀가 나설 필요가 없게 되었다.

문마루에 새로운 사람이 나타났기 때문이다.

"아니, 이게 누구요? 소림의 성승이라는 현각대사가 아니오? 이런, 거기 뒤에 계시는 분은 무당파의 자허진인이시고, 그 옆에 계신 분은 화산파의 적엽진인과 아미파의 금정신니시고……. 어라? 진주언가의 언 가주께서도……?"

문마루에 나타난 사람은 작은 체구를 가진 추레한 몰골의 마의노인이었다.

쾌활림의 대문 밖에 서 있던 인물들 모두가 그 마의노인을 보기 무섭게 안색을 굳혔다.

다들 첫눈에 마의노인의 정체를 알아본 것이다.

다만 설무백은 다른 사람들과 달리 그저 눈빛이 깊어졌다.

실로 감회가 새로워서였다.

마의노인의 정체가 바로 쾌활림의 군사인 독심광의 구양보였기 때문이다.

그때 자신의 식견을 자랑하듯 대문밖에 운집해 있는 인물들의 정체를 주절주절 하나씩 나열하던 구양보의 낯빛이 문득 무겁게 굳어졌다.

순간적으로 등골이 서늘해진 것 같은 태도였다.

잠시 입을 다물고 침묵하던 그가 이내 그 이유를 자신의 입으로 드러냈다.

"그런데 거기 계신 분들은 녹림도 총표파자이신 산신군과 장강십팔타의 주인이신 하백, 그리고 황하수로연맹의 부맹주인 강상교가 아니시오. 이건 정말 실로 어울리지 않는 조합이구려."

그는 처음 모습을 드러냈을 때보다도 한층 더 불안해진 눈초리를 애써 감추며 재우쳐 물었다.

"대체 무슨 일로 천하무림을 대표하시는 인물들께서 이리 함께 우리 쾌활림을 방문하신 거요?"

현각대사가 준엄하게 말했다.

"우리는 쾌활림이 마교의 무리와 손잡고 패악을 저지르고 있다는 소리를 듣고 찾아왔으니, 속히 문을 여시오!"

구양보가 물었다.

"우리보고 무조건 항복하라는 소리요?"

현각대사가 바로 인정했다.

"그렇소!"

구양보가 잠시 뜸을 들이다가 물었다.

"그래서 항복하면 우리는 어찌 되는 것이오?"

현각대사가 솔직하게 자신의 생각을 밝혔다.

"다 그랬을 리는 없으니, 분명하게 색출해서 공명정대하게 처리할 것임을 약속하겠소!"

구양보가 한층 더 심각하게 굳어진 표정으로 변해서 물었다.

"그게 싫어서 항복하지 않으면?"

현각대사가 한숨을 내쉬었다.

현명하긴 하나 세속의 때가 묻지 않은 그인지라 이제야 구양보가 단지 시간을 끌기 위해서 이런저런 질문을 던지고 있다는 사실을 깨달은 것이다.

잠시 속내를 다독인 그는 싸늘하게 식은 눈빛으로 구양보를 바라보며 대답해 주었다.

"오늘부로 쾌활림이라는 이름은 강호무림에서 사라질 거요!"

구양보는 조금 더 시간을 끌고 싶은 것 같았다.

그가 잠시 고민하는 시늉을 하고 나서 말했다.

"그러지 말고 다른 대안은 없소? 대사께서도 한번 생각해 보시오. 이런 중대한 결정을 어떻게 듣자마자 곧바로 대답할 수 있겠소. 안 그렇소?"

현각대사가 분명 구양보에게 시간을 끌려는 목적 이외에 다른 사연은 없다는 것을 익히 파악한 눈치면서도 굳이 또 대답에 나서려고 했다.

그런 그의 소매를 남궁유화가 잡았다.

현각대사가 입을 벌리다가 다시 닫고는 깊은 한숨을 내쉬며 고개를 끄덕였다.

인정이고, 승낙이었다.

"역시 사도진악은 영내에 없는 것 같네요."

남궁유화가 좌중에게 들으라는 듯이 한마디 하고는 그제야 앞으로 나서며 구양보에게 대응했다.

"저기, 노인장! 지금 노인장이 상황이 궁색해서 자꾸 딴생각을 하는 모양인데, 확실하게 해 주죠! 이제 더 이상의 권고는 없어요! 이제부터 협박입니다! 노인장의 대답 여하에 바로 행동에 들어갈 겁니다!"

그리고 재우쳐 단호하게 물었다.

"문 열래요, 안 열래요?"

구양보가 곤혹스러운 표정을 드러내면서도 끝까지 시간을 끌고 싶은 듯 말을 더듬었다.

"서, 선택은 그것밖에 없는 건가?"

남궁유화는 대답은커녕 추호도 기다리지 않고 일 장을 날려서 쾌활림의 대문을 박살 내 버렸다.

그게 신호였다.

몽고의 발호 십사 일째 날 새벽

독심광의 구양보는 가차 없는 남궁유화의 일 장으로 대문이 박살 나는 순간과 동시에 뒤로 신형을 날렸다.

그야말로 걸음아 나 살려라 하는 듯한 태도로 뒤도 돌아보지 않고 도망친 것이다.

물론 구양보 그 자신은 도망이라고 생각하지 않았다.

작전상 후퇴였다.

앞서 거처에서 무림맹의 고수들이 방문했다는 보고를 받은 그는 이건 실로 보통의 상황이 아님을 직감했다.

그래서 그는 바로 경종을 울리라 명령했고, 즉시 흑룡의 거처로 달려가서 잠들어 있던 경종을 듣고 막 일어나는 흑룡에게 당장 영내의 모처에 잠들어 있는 강시들을 깨워서 데려오라고

지시했다.

사도진악이 자리를 비운 까닭에 지금은 오직 흑룡만이 그간 쾌활림이 음으로 양으로 공들여 만들어 놓은 최강의 전력인 역천강시를 깨우고 조정할 수 있었기 때문이다.

그리고 그는 서둘러 비연검룡 마천휘와 영내에 있는 흑사자들을 최대한 긁어모아서 대문으로 나섰다.

싸움을 피할 수 없다는 것을 직감한 그는 하필이면 중차대한의 결정을 내린 이때 무림맹이 공격해 와서 놀라기도 하고 못내 걱정스럽기도 했지만, 조금도 두렵지 않았다.

흑룡이 역천강시를 깨워서 데려올 시간만 벌면 전면전은커녕 문전에서 내칠 수도 있다는 자신감이 있었기 때문이다.

그간 쾌활림이 음으로 양으로 전력을 다해서 보유한 역천강시의 숫자는 이미 백에 달했고, 그 하나하나는 강호무림의 특급고수를 능가했다.

역천강시 둘이면 내로라하는 강호의 초특급고수도 능히 제압할 수 있다는 것이 변하지 않는 그의 생각이었다.

그런데 생각지도 않게 일이 꼬였다.

아닌 밤중에 홍두깨라더니, 지랄 맞게 성질 급한 계집년 하나 때문에 시간을 끄는 데 실패해 버린 것이다.

아니, 엄밀히 따지면 시간이 문제가 아니었다.

흑룡이 문제였다.

그는 나름 적잖은 시간을 벌었으나, 어떻게 된 일인지 역천강시를 깨우러 간 흑룡이 도착하지 않는 바람에 애초의 계획이 무산되어 버린 것이다.

그가 생각할 것도 없이 자리를 뜬 것이, 바로 작전상 후퇴한 이유가 거기에 있었다.

이대로라면 실로 전면전이 불가피했다.

그렇다면 그는 자신의 안전을 도모하기 위해서라도 흑룡과, 보다 정확히는 흑룡이 조정할 수 있는 역천강시들과 함께 있어야 했다.

다만 그와 같은 구양보의 생각과 계획을 전혀 짐작하지 못하는 다른 사람들로서는 느닷없이 뒤로 빠지는 그의 행동은 실로 황당하기 짝이 없었다.

아무리 봐도 그의 행동은 꽁지가 빠지게 도망치는 것으로 밖에는 안 보였기 때문이다.

그러나 장내의 그 누구도 그걸 따지거나 탓하지 않았다.

그럴 수 있는 여유가 없었다.

대문이 박살 나기 무섭게 무림맹의 고수들이 진입하고 있었다.

누구 하나 쉽게 볼 수 없는 그들의 신위, 실로 상대하기 싫도록 두려운 존재감 앞에서 대문 안쪽에 진을 치고 있던 쾌활림의 무사들은 일시지간 아무런 행동도 하지 못했다.

그걸 가장 먼저 간파한 사람은 구양보와 함께 나섰던 사도진악의 대제자 비연검룡 마천휘였다.

"뭐들 하는 게냐! 쳐라!"

쾌활림은 여타 흑도에 비해서도 더없이 철저한 서열과 상명하복으로 이루어진 집단이었다.

특히 사도진악에 대한 그들의 충성심은 그야말로 신앙과 같았고, 그 밑바탕에는 사도진악의 가없는 무공과 단호한 징계에 대한 공포가 자리했다.

사도진악이 없는 작금의 상황에서는 그 모든 권리가 사도진악의 대제자인 마천휘에게 이양되어 있었다.

"와아……!"

흑사자들을 위시한 쾌활림의 모든 무사들이 그에 순응해서 곧바로 함성을 내지르며 달려들었다.

장내가 순식간에 아수라장으로 변해 버렸다.

그때였다.

"……!"

칼을 뽑아 들고 격돌하는 수하들의 전면으로 나서려던 마천휘는 문득 안색이 변해서 굳어졌다.

생사가 결정되는 싸움에 나선다는 격정에 휩싸여서 본의 아니게 이성이 마비되어 있는 여타 쾌활림의 무사들과 달리 그는 와중에도 애써 평정심을 잃지 않으려고 애쓴 까닭에 이내 느낄 수 있었다.

쾌활림의 총단을 기점으로 사방에서 간헐적인 비명과 병장기가 부딪치는 쇳소리가 들려왔다.

혹시나 하던 우려가 현실로 다가온 것이었다.

무림맹의 고수들은, 아니, 정확히 말하면 무림맹이 선도하는 무림의 연합 세력은 이미 쾌활림의 총단을 포위하고 있었던 것이다.

"어느 정도 예상은 했지만……."

마천휘는 차라리 홀가분해진 기분을 느끼며 피식 웃어 버렸다.

그간 내색은 삼가고 있었으나, 그는 내심 지금과 같은 상황을 항상 염두에 두고 있었다.

언제부터였을까?

모르긴 해도, 설무백의 호의로 황궁뇌옥을 벗어난 다음부터였을 것이다.

사부 사도진악이 최고라고 생각하며 살아왔는데, 그래서 가끔은 편협하고 또한 가끔은 잔혹한 사부의 결정과 행동도 억지로 수긍하고 인정하며 지냈는데, 세상에는 사부보다 더 뛰어난 인물들이 있었다.

그리고 그중의 하나인 설무백은 그저 사부보다 뛰어난 것이 아니라 사부에 대한 그의 가치관까지 흔들어 놓을 정도로 엄청난 존재였다.

다른 인물들은, 하다못해 사부마저도 노력하면 언젠가는 따라잡을 수 있을 거라는 생각이 들었으나, 설무백만큼은 그렇지가 않았다.

아무리 노력해도 따라잡을 수 없을 것 같은, 그 앞에 서면 마치 태양 앞의 반딧불처럼 한없이 작아지는 자신을 느끼게 하는 존재가 바로 설무백이었다.

그래서 그는 어쩔 수 없이 내내 사부의 야망이 성공할 수 없을지도 모르겠다는 생각을 가지게 되었다.

그날이 이렇게 빨리 다가오리라고는 미처 예상하지 못했지만 말이다.

'그래도……!'

마천휘는 마음을 추스르며 수중의 칼을 굳게 잡았다.

피가 튀고 살점이 난무하며 시끄러운 전장이 고요하게 느껴지는 것은 순전히 자신감과 무관한 그런 기분 탓일 테지만, 지금 그의 면전으로 홀연히 내려선 적은 엄연한 현실이었다.

그는 현실을 피하고 싶지 않았다.

"화산의 제자인가?"

상대 사내가 검극이 지면을 향하도록 역검의 자세로 잡은 수중의 검을 두 손으로 잡고 눈높이로 들어 올리는 것으로 예를 취하며 대답했다.

"화산의 무허요."

"화산검귀!"

마천휘는 절로 놀라움을 드러냈다.

화산칠검의 막내이자, 화산검귀로 통하는 무허의 명성은 그도 익히 들어서 잘 알고 있었던 것이다.

"정말 세상은 참 넓군."

무허가 예를 거두며 물었다.

"그쪽은 사도진악의 대제자인 비연검룡 마천휘가 맞지요?"

마천휘는 씩 웃는 낯으로 고개를 끄덕이며 태세를 갖추었다.

"화산검귀라면 부족함이 없는 적수네."

무허가 문득 미간을 찌푸렸다.

마천휘의 태도에서 무언가 묘하다는 인상을 받은 것이다.

그때 그의 곁에 홀연하게 한 사람이 내려섰다.

사방팔방이 피 튀기게 격전을 벌이는 전장이니 갑자기 누군가 곁에 나타나면 반사적으로라도 손을 쓸 법하련만, 무허는 그저 슬쩍 고개를 돌려서 바라보고 있었다.

단지 상대가 누군지 아는 것만이 아니라, 상대의 접근을 이미 느끼고 있었던 것이다.

마천휘는 그 순간에 보여 준 무허의 태도만으로도 내심 패배를 자인했다.

그는 누가 접근하는지 전혀 간파하지 못한 바람에 일순 움찔했던 것이다.

그러나 그런 마음을 내색할 수는 없었다.

내색할 상황이 아니기도 했지만, 그에 앞서 나타난 사내의 정체가 모든 것을 압도했기 때문이다.

나타난 사내는 바로 은빛 보관(寶冠)을 쓴 것처럼 눈부신 은발과 깊이를 짐작하기 어려운 눈빛의 조화가 신비롭다 못해 귀기

(鬼氣)로 다가오는 사내, 설무백이었다.

순간, 마천휘는 얼어붙어 버렸다.

설무백이 그런 그를 무심하게 일별하며 무허를 향해 말했다.

"미안하지만, 이자는 내게 양보해 줄래? 남은 숙제가 있어서 말이야."

무허가 태세를 푸는 것으로 승낙을 전하고는 이내 넌지시 대답했다.

"묘한 친구요. 뭐랄까? 이 말이 어울리는지는 모르겠으나, 왠지 모르게 해탈한 사람으로 보이는 느낌이랄까? 아무튼, 그렇소."

설무백은 픽 웃으며 대답했다.

"만사 포기한 사람도 그렇게 보이긴 하지. 해탈한 것처럼."

무허가 그럴지도 모르겠다는 표정으로 고개를 끄덕이며 물러나서 자리를 내주었다.

"남은 숙제가 뭔지는 모르겠지만, 잘 풀길 바라겠소."

설무백은 어깨를 으쓱했다.

"그래야지."

무허가 대답을, 무언가 한마디 더하려는 기색을 보이다가 이내 그만두며 신형을 날렸다.

적아를 구분하기 어렵게 뒤엉킨 전장임에도 그는 대번에 자신의 적수를 찾아냈던 것이다.

"그새 많이 컸네?"

설무백은 순식간에 십여 장을 가로지르는 무허의 모습을 보자 못내 한마디 감탄을 흘리고 마천휘에게 시선을 고정했다.

　마천휘는 멋쩍게 웃으며 그가 말하는 숙제가 무엇인지 알고 있다는 눈치를 드러냈다.

　"오늘이 세 번째구려."

　설무백은 단도직입적으로 물었다.

　"왜 아직도 여기에 있나?"

　마천휘는 새삼 어색한 미소를 입가에 그리며 대답했다.

　"내가 고질병이 좀 있소."

　"……?"

　설무백은 이맛살을 찌푸렸다.

　"무슨 고질병?"

　마천휘가 대답했다.

　"좀 많이 우유부단하다는 고질병이요. 그래서 한번 맺은 인연을 쉽게 포기하지 못하오."

　설무백은 바로 고개를 끄덕였다.

　"그렇군."

　대답과 함께 그는 마천휘의 그것처럼 어색한 미소를 입가에 그렸다.

　우유부단함이라면 전생에서 이승으로 이어지는 삶을 살고 있는 그도 실로 만만치 않아서 지금 마천휘의 상태를 쉽게 이해할 수 있었다.

그 번민이 동료나 측근, 더 나아가 사부와 관련되어 있는 경우라면 두말할 나위가 없었다.

그러나 이해만 할 뿐, 용납하고 싶은 마음은 들지 않았다.

그는 이미 마천휘에게 두 번의 기회를 주었다.

더 이상은 불가였다.

"그거 아주 무서운 병이지. 나도 한번 걸린 적이 있는데, 실로 어렵게 고쳤거든."

마천휘가 물었다.

"어떻게 고쳤소?"

설무백은 웃었다.

"믿지 않을 거야."

마천휘가 단호하게 고개를 저었다.

"당신의 말이니 믿을 거요."

설무백은 잠시 고개를 끄덕이는 모습으로 뜸을 들이다가 이내 솔직하게 대답해 주었다.

"죽었지. 그래서 고쳤어."

마천휘가 입가의 미소를 한결 더 짙게 드리우며 고개를 끄덕였다.

설무백의 말을 믿는 것이 아니라 다른 의미로 해석한 것이다.

곧바로 그의 입에서 흘러나온 대답이 그것을 말해 주었다.

"당신을 인정하고 존경하지만, 절대 쉽게 죽어 줄 마음은 없소. 최선을 다할 테니, 당신도 전력을 다해 주길 바라오."

설무백은 짧게 대꾸했다.

"그러던지."

마천휘가 태세를 갖추었다.

수중의 칼이 시퍼런 빛으로 길게 자라났다.

최선을 다하겠다는 그 자신의 말대로 전신의 공력을 끌어
올린 모습이었다.

그 상태로, 그가 씁쓸해 보이는 미소를 지으며 말했다.

"내가 처음 만난 사부는 신에 가까운 사람이었소. 능히 대종
사(大宗師)라고 불려도 부끄러움이 없을 만한 사람이 바로 사부
라고 생각했소. 그래서 사부로 모셨고, 여태 곁을 지켰소. 변명
이라고 해도 좋고 넋두리라고 해도 상관없지만, 그냥 그렇다는
거요. 그러니 내가 지금 당신과 싸우려는 것을 스스로의 선택에
대한 책임을 지려는 것이라고 이해해 주면 고맙겠소."

설무백은 고개를 끄덕였다.

"그러지."

그냥 하는 말이 아니었다.

그는 정말로 마천휘의 사정을 누구보다도 잘 이해하고 있었
다. 마천휘가 전생의 그와 많은 것이 닮은 사람이라고 생각하
기 때문이다.

마천휘가 그런 그의 마음을 아는지 모르는지, 단호하게 굳어
지는 표정으로 태세를 갖추었다.

설무백은 가만히 바라보며 기다렸다.

마천휘가 한순간 은연중에 발산되는 그의 압력을 버티지 못하고 달려들었다.

설무백은 앞서 마천휘가 부탁한 대로 전력을 다했다.

그만의 시간에서 쇄도하는 마천휘를 향해 손을 뻗었다.

빛이 날아갔다.

그 빛이 쇄도하는 마천휘의 이마를 관통했다.

이기어술이 펼쳐진 것이다.

마천휘는 그렇게 죽었다.

광란의 아수라장이던 전장의 시간이 그 순간 잠시 충격과 공포로 멈추었다가 다시 돌아갔다.

비연검룡 마천휘는 사도진악의 대제자답게 상당한 무력을 소유하고 있다고 알려졌다.

대외적으로 사도진악에게 암왕이라는 별호를 안겨 준 성명절기인 흑령삼환공(黑靈三幻功)의 진수를 습득한 사람은 그밖에 없다고 알려져 있었고, 실제로 설무백을 향해 쇄도하는 그의 기세는 그것을 증명하듯 검붉은 빛의 화신으로 변해 있었다.

물론 혼란스러운 전장에서 그것을 제대로 파악한 사람은 백의 하나도 되지 않았으나, 적어도 쾌활림의 고수들은 그것을 파악을 했든 하지 못했든 간에 다들 그의 승리를 의심하지 않았다.

설무백이 누군지 아는 사람보다 모르는 사람이 더 많았기 때문에 더욱 그럴 수밖에 없었다.

그러나 결과는 놀랍다 못해 황당했다.

설무백은 마치 얼어붙은 것처럼 그대로 서 있다가 한순간 억지로, 마치 힘겹도록 무거운 물건을 들어 올리는 것처럼 손을 들어서 내밀었을 뿐인데, 어처구니없게도 그 손짓 아래 당연히 이길 거라고 생각하던 마천휘가 허무하게 죽어 버렸다.

설무백의 손을 떠난 한줄기 백선이 검붉은 빛의 화신으로 변해서 쇄도하는 마천휘의 이마를 여지없이 관통해 버린 것이다.

일시지간, 그 광경을 목도한 장내의 모두가 대경실색해서 절로 벌어진 입을 다물지 못하며 굳어졌다.

뭐지?

무슨 상황이지?

적아를 구분할 것도 없이 이건 실로 그들이 여태 듣도 보도 못한 무공인지라 누구는 충격에 빠져서, 누구는 생각할 시간이 필요해서 의지와 무관하게 동작을 멈춰 버린 것이다.

장내의 모두가 꿈인지 현실인지 헷갈리는 그 순간, 침묵의 공간에서 그림처럼 멈추어진 마천휘의 머리가 폭죽처럼 화려하게 터져 나가는 모습이 선명하게 그려졌다.

때를 같이해서 마천휘의 머리를 관통했던 한줄기 빛이 전장을 크게 선회해서 설무백의 손으로 돌아갔다.

사람들은 그제야 알아보았다.

빛의 정체가 한 자루 묵빛 장창이었다.

"이기어술!"

누군가 부르짖었다.

전장에 있던 모든 사람들이 이 경악성 동시에 정신을 차렸다.

멈추어졌던 시간이 다시 돌아갔다.

다들 아무 일도 없었던 것처럼 다시금 상대에게 집중하며 열심히 싸우기 시작했다.

적어도 지금 장내에서 싸우는 쾌활림의 무사들 중에는 그게 아무리 엄청난 무공일지라도 일개 개인의 신위에 주눅이 들어서 싸움을 포기하거나 겁을 먹고 도망치려는 사람은 없었다.

그러나 다들 아무렇지 않은 척 하고 있었으나, 정말로 아무렇지 않을 수는 없었다.

아군은 사기를 충전해서 본래의 실력을 십분 발휘했고, 적은 사기를 잃고 본래의 실력을 절반도 발휘하지 못했다.

가뜩이나 무림의 연합 세력 쪽으로 기울던 전세가 가일층 급격하게 기울어지고 있었다.

설무백은 거기에 한층 더 힘을 보탰다.

기실 그는 일찍이 지금과 같은 난전이나 혼전을 다른 누구보다 많이 겪은 사람이었다.

시궁창이라고 해도 좋을 밑바닥부터 시작한 전생의 시절은 말할 것도 없고, 다시 태어난 이생에서도 일찍이 광풍단의 일원으로 사막과 벌판, 산하를 누비며 잔뼈가 굵은 사람이 그였다.

경지를 이룬 이후부터 굳이 나서지 않아서 그렇지, 난전이나 혼전이야말로 그에게 가장 익숙한 싸움이고, 또한 가장 실력을 잘 발휘할 수 있는 공간인 것이다.

그런 그가 오늘은 작심하고 나섰다.

난전이나 혼전의 원칙은 자신의 적만 상대하는 것이 아니라 전장의 모든 적을 상대하는 것이 기본이다.

눈에 보이고 손이 닿는 모든 적을 상대로 싸우는 것이다.

따라서 특별히 일대일의 대결을 약속한 경우가 아니라면 다른 사람의 손을 빌리지 않는다거나 다른 사람의 적에게 손대지 않는다는 강호무림의 법도 같은 것은 개나 줘 버려야 한다.

지금 그가 그런 싸움을 하기 시작했다.

양날창 흑린이 회오리를 일으키며 날고, 무지막지한 경력을 내포한 그의 권장지퇴가 폭풍을 일으켰다.

적이 고수든 하수든, 누구와 싸우고 있건 말건 그는 상관하지 않았다.

그저 눈에 보이는 족족 처단하는 살육을 벌이며 종횡으로 전장을 가로질렀다.

아수라장을 이루며 싸우고 있던 쾌활림의 무사들이 실로 이유도 모르고 죽어 나갔다.

그리고 어느 한순간 그 무참한 살육의 원인이 설무백이라는 것이 드러나자, 그의 앞에 나서는 자가 없게 되었다.

그야말로 무풍지대(無風地帶), 그의 전면에는 없던 길이 만들어졌다.

분분히 도망가고 허겁지겁 물러나는 그 무리에는 심지어 무림맹의 고수들도 섞여 있었다.

그는 더없이 냉철한 상태였으나, 그들이 보기에는 실로 살육의 광기에 물든 사신으로 보였다.

그렇듯 무자비한 그의 신위는 이내 전장에 큰 변화를 일으켰다.

죽기를 각오한 듯 싸우던 쾌활림의 무사들이 하나둘씩 전장을 이탈해서 도망치기 시작하고, 승기를 잡은 무림맹의 고수들이 도주하는 자들의 뒤를 추적하는 변화였다.

정말이지 졸지에 싸움이 끝나가고 있었다.

우습지도 않게 앞서 전장을 등지고 돌아섰던 독심광의 구양보는 그때 흑룡과 대치하고 있었다.

쾌활림의 총단 중심부를 차지한 사도진악의 거처인 대전의 지하 깊숙한 밀실이었다.

단지 밀실이라고 치기에는 너무도 넓은 공간인 그곳은 거무튀튀한 백여 개의 관이 놓여 있었다.

사도진악의 명령에 따라 그간 쾌활림이 음으로 양으로 전력을 다해서 탄생시킨 백여 구의 역천강시가 잠들어 있는 관들이었다.

구양보가 거기 밀실에 도착했을 때, 이상하게도 흑룡은 그 관들 중 하나에 엉덩이를 걸치고 태연히 앉아 있었다.

그리고 묘하게도 그런 그의 곁에는 흑표를 제외한 흑사자들의 상위 서열들인 셋째 흑곤(黑鯤)과 넷째 흑염사(黑蚺蛇), 다섯째 흑효(黑梟) 여섯째 흑갈(黑蠍), 일곱째 흑섬여(黑蟾蜍), 여덟째 흑생(黑生), 아홉째 흑웅(黑熊), 열째 흑수(黑手), 그리고 서열은 이십삼 위에 불과하나 상당한 무위를 인정받는 흑목 등 아홉 명이 있었다.

구양보는 그들을 보며 쓰게 입맛을 다셨다.

한시가 급한 마당임에도, 피튀기는 전세가 귓가에 들려옴에도 전혀 서두르지 않고 태연자약한 흑룡의 태도와 한가하게 노닐고 있는 것처럼 아무렇지도 않게 흑룡의 곁에서 서성거리는 흑곤 등의 태도를 보자, 바로 느낌이 왔다.

흑표의 능력을 믿고 함께 암중모색한 그의 반란은 이미 실패했다. 그 정도는 바로 알 수 있는 머리를 가진 인물이 그인 것이다.

"어떻게 알았나?"

흑룡이 특유의 미욱한 표정으로 쳐다보며 되물었다.

"어떻게 알다니? 지금 무슨 말을 하는 거요?"

구양보는 대답 대신 고개를 끄덕이며 혼자서 납득했다.

"그러고 보면 자네 정말 대단하군. 세상에는 공짜가 없는 법이니, 흑사자들의 대형쯤 되는 자리에 올라선 사람이라면 상식적으로 그만큼 대단하다고 생각하는 것이 옳은데, 그 오랜 시간 동안이나 나로 하여금 그런 생각이 들지 않도록 미욱한 행세를 하고 있었으니 말이야."

흑룡이 이제야 픽 웃으며 인정했다.

"내가 또 연기하나는 일품이긴 하지요."

구양보는 따라 웃으며 거듭 감탄했다.

"정말 몰랐네. 자네도 자네지만 다른 친구들까지 나를 속이고 있다고는 정말 꿈에도 몰랐어."

흑룡이 미욱해 보이는 특유의 미소를 보이며 손가락을 좌우로 흔들었다.

"우리 입은 삐뚤어졌어도 말은 똑바로 합니다. 속인 건 우리가 아니라 구양 군사지요. 족제비 같은 우리 둘째 흑표하고 말이오."

구양보는 순순히 인정했다.

"그렇긴 하지. 그런데 다시 생각해 봐도 정말 궁금하군. 대체 림주가 언제부터 알게 된 건가?"

흑룡이 묘하게 웃으며 되물었다.

"이상하네? 지금 여기 내가 있는데 왜 뜬금없이 사부가 안다고 생각하는 거요?"

"……?"

구양보는 무슨 말인지 잠시 이해를 못하다가 이내 깨달으며 눈이 커졌다.

"그, 그럼 자네가……?"

"흐흐흐……!"

흑룡이 음충맞게 웃으며 말했다.

"내가 연기하는 일품이라고 하질 않았소. 구양 군사처럼 사
부도 그렇게 아는 거지. 내가 미욱한 놈이라고. 그러니 이 역천
강시들을 아무런 의심도 없이 내게 맡긴 거지요. 당신과 달리
나는 미욱하고 멍청해서 무조건 당신에게 충성하리라 믿고 말
이오. 흐흐흐……!"

그는 기분 좋게 다시 웃고는 이내 구양보의 의심을 확신으로
바꾸는 쐐기를 박았다.

"믿는 도끼에 발등을 찍힌 거지. 흐흐흐……."

"……!"

구양보는 너무 놀라고 황당해서 말문이 막혀 버렸다.

흑룡이 그런 그를 향해 보란 듯이 어깨를 으쓱하고는 주변
에 깔린 역천강시들의 관을 둘러보았다.

"나는 그간 늘 사부의 명령대로만 움직이던 사람 아니오. 사
부가 애들을 내게 일임하면서 그럴 듯한 조언도 해 줍디다. 무
슨 이유에서든지 간에 흑사자들과 애들의 힘을 욕심내는 자는
믿을 수 없다고. 그래서 둘째 흑표는 진즉에 당신의 등에 칼을
꽂을 배신자로 낙인하시면서 당신만큼은 아니길 기대한다고.
물론 나는 당신도 의심하고 있었지만 말이오."

말미에 그는 벌컥 화를 냈다.

"너무하지 않소! 사부의 기대를 이렇듯 헌 짚신짝처럼 내버리면 대체 어쩌자는 거요?"

구양보는 충격을 받아서 머릿속이 하얗게 변했다.

그러다가 동전의 양면처럼 혹은 극과 극은 서로 통한다는 말처럼 이내 냉정을 되찾았다.

이젠 틀렸다고 생각하며 모든 것을 내려놓으니 거짓말처럼 평정이 돌아온 것이다.

"그래도 오늘 이건 자네의 실수야."

그는 피식 웃으며 말문을 열고는 놀리듯이 흑룡을 손가락질했다.

"무릇 힘이나 권력은 있을 때 차지해야지, 사라지고 나서는 무슨 소용이란 말인가. 이유 여하를 막론하고 자네는 오늘 역천강시를 동원해서 무림의 연합 세력부터 막아야 했어."

흑룡이 당신이야말로 가소롭다는 듯이 웃는 낯으로 고개를 저으며 부정했다.

"아니, 괜찮아요. 쓸 만한 애들은 여기 다 있으니까. 나머지 애들은 사부에게 고굉지신을 자처하는 애들뿐이니, 내 입장에선 없는 게 낫소. 어차피 약간의 발품만 팔면 구할 수 있는 졸자들인데, 아쉬울 게 뭐요? 아참!"

능글맞게 웃으며 말하던 흑룡이 문득 깜빡했다는 듯 이마를 치더니 아홉째 흑웅을 향해 씩, 웃으며 짧게 말을 덧붙였다.

"너는 빼고."

흑웅이 어리둥절해했다.

그 순간 그의 양쪽 옆에 서 있던 여덟째 흑생의 손이 기민하게 뻗어져서 그의 복부를 파고들었다.

"헉!"

헛바람을 삼킨 흑웅이 반사적으로 물러났다.

흑생의 손을 빼내려는 몸짓이었으나, 흑생이 물러나는 그보다 더 빠르게 전진했기 때문에 아무런 소용이 없었고, 오히려 흑생의 손은 더욱 깊숙이 그의 내장을 파고들었다.

그리고 또한 쾌속하게 빠져나갔다.

한 움큼의 내장을 움켜잡은 상태였다.

쿠르륵-!

섬뜩한 소음과 함께 빠져나온 내장이 길게 늘어지며 붉은 핏물이 확 퍼졌다.

"그러게 내가 공사 구분 확실하게 하라고 했지?"

흑웅은 흑생의 말과 상관없이 육체의 고통보다 자신이 왜 이런 꼴을 당해야 하는지 모르겠다는 듯, 그저 황당하게 일그러진 표정으로 흑룡을 바라보았다.

"……왜? 어째서……?"

흑룡이 정말로 미안하다는 표정을 지으며 대답했다.

"여덟째의 말대로다. 언제 어디서든지 간에 다른 무엇보다도 공사는 구분했어야 했다. 형제나 동료의 안위부터 챙기는 건 나도 바라마지 않는 일이긴 하다만, 적어도 사적인 감정은 배제했어야 했고, 특히 사부를 위해서라면 더더욱 안 되는 일이었다. 지금 네가 이 자리에 있는 것도 내가 사부를 위해서 이런다고 생각해서가 아니더냐?"

"......!"

"내게 있어 너는 흑표처럼 과욕을 부리는 놈과 별반 다를 게 없다. 내게는 필요 없는 놈인 거지. 그거야. 지금 네가 죽는 이유가!"

흑웅은 경악과 불신, 분노가 뒤엉켜서 일그러진 얼굴로 진저리를 쳤다.

하지만 그 표정을 다른 사람에게 보여 줄 수 있는 시간은 매우 짧았다.

그는 더 이상 말할 수 없었고, 더 이상 서 있을 수도 없었다.

이내 그의 거대한 체구가 쓰러지며 쿵 소리를 냈다.

흑룡이 그런 흑웅의 주검을 외면하며 구양보를 향해 씩 웃었다.

"이제 당신 차례."

구양보는 마치 자신의 운명을 받아들일 준비가 이미 끝난 사람처럼 담담하게 고개를 끄덕이며 실로 홀가분한 미소를 지었다.

"아무리 생각해도 비록 실패했지만, 내가 선택은 아주 잘했네. 이런 족속들과 어찌 한평생을 같이하누. 여태 별 탈 없이

천외천의
주인

견디며 살아온 나 자신을 칭찬하고 싶어지는군그래."

"그래요, 그럼."

흑룡이 잘라 말했다.

"후회 없이 그렇게 가죠. 조만간 사부와 흑표도 곧 뒤따라 보내 줄 테니까."

말을 끝낸 그가 손을 내밀었다.

그 손에 들린 칼이 날았다.

그가 던진 것이 아니라 칼이 스스로 날아오른 것이었고, 그 순간에 칼은 이미 구양보의 이마를 관통하고 있었다.

이기어술이었다.

비록 찰나를 반으로 쪼갠 시간에 불과했으나, 구양보는 그사이에 그걸 느끼며 크게 놀랐고, 다른 한편으로 착각인 듯 아닌 듯 흑룡의 두 눈에서 피어나는 검은 기광(奇光)을, 바로 짙은 마기를 본 것 같은 기분이 들었다.

하지만 이미 모든 것을 포기한 그는 아무래도 좋다는 생각을 하며 죽음을 맞이했다.

⚜

전세는 무림맹 연합 쪽으로 완전히 기울어져 있었다.

전장에 남아서 싸우는 자보다 눈치를 보다가 냅다 도주하는 자가 더 많이 눈에 띄었다.

비단 전장만이 아니라 쾌활림의 총단 후방과 좌우측에서 들려오던 비명과 병장기가 부딪치는 싸움 소리도 매우 가깝게 다가와 있었다.

정문으로 진입한 고수들보다 그들이 먼저 쾌활림의 중심부로 진입한 것이다.

설무백이 자신을 향해 날아오는 칼날을 본 것은 그때였다.

제법 매서운 칼질을 하던 쾌활림의 마의노인 하나를 일 장으로 때려죽이는 참인데, 섬광처럼 하얀 거대한 칼날이 급속도로 가까워지는 것을 그는 또렷이 볼 수 있었다.

설무백은 본능이 전하는 느낌에 따라 손바닥을 내밀어서 날아오는 칼날을 막아 냈다.

상당한 속도에 막대한 기력이 담겨 있어서 손을 뒤로 물려서 충격을 완화했음에도 손바닥이 쩌릿하게 마비되는 고통이 전해졌다.

그러나 그는 거기서 멈추지 않고 낚싯바늘에 걸린 물고기를 낚아채듯 뒤로 물린 손을 더없이 부드럽게 휘돌려서 다시 앞으로 내밀었다.

그의 손바닥에 막히긴 했으나, 손바닥에 박히진 않고 수평으로 버티던 칼날이 그의 손짓에 따라 날아온 길로 되돌아서 주인에게 돌아갔다.

"헉!"

상승의 경지를 이룬 비도술로 설무백을 노린 칼의 주인은 기묘한 각도로 선회해서 되돌아오는 자신의 칼을 보고는 기겁했다. 그러면서도 자존심인지, 아니면 불끈 오기가 발동한 건지 물러서거나 피하지 않고 그 자리에 선 채로 손을 내밀어서 잡으려 했다.

무리한 짓이었다.

퍽-!

칼은 주인이 내민 손바닥을 뚫고 들어가서 주인의 가슴에 손잡이만 남긴 모습으로 깊숙이 박혔다.

"이, 이화접목……!"

칼의 주인은 당당한 체구에 눈매가 칼처럼 예리한 고령의 노인이었다.

그는 너무나도 강렬한 충격에 아픔조차 느끼지 못하는지 자신의 가슴에 박힌 칼날을 확인하지도 않은 채 황당하다는 표정으로 설무백을 바라보았다.

이해할 수 있는 반응이었다.

상대의 힘을 막거나 무력화시키는 데 그치지 않고 역이용하는 수법을 사량발천근이라고 한다.

그런데 부드러운 꽃송이로도 굵은 나무를 상대할 수 있다는 것에서 유래한 이화접목의 수법은 그보다 더 뛰어난 고도의 경지였다.

사량발천근이 물리적인 힘을 역이용하는 것이라면, 즉 직접적으로 권각을 마주하며 싸울 때나 가능한 수법이라면 이화접목은 그에 더해서 무형의 기조차 역이용해서 반격하는 수법으로 가히 천외천의 경지였다.

설무백은 경악하고 있는 노인을 바라보며 의미심장한 미소를 지었다.

예사롭지 않은 칼질을 한다 싶어서 누군가 했더니만, 전생에 인연이 있어서 아는 사람이었다.

노인은 바로 쾌활림의 팔대호법 중 하나인 암인사도(暗刃死刀) 약정(躍爭)이었다.

설무백은 본의 아니게 감회에 젖은 표정으로 약정을 바라보며 희미한 미소를 지었다.

약정은 전생의 그가 개미굴을 떠나서 쾌활림 생활을 시작했던 그 시절 그를 비롯한 흑사자들의 신입들을 수련시키던 다섯 명의 무공교두 중 가장 혹독한 사람이었다.

"눈이 이르고 손이 따르면 안 된다고 했지. 손이 이르고 눈이 따라야 진수(眞髓)고, 더 높은 곳을 바라볼 수 있는 기본이라고 말이야. 그 시절 실로 많은 도움이 되었다."

"……!"

약정이 설무백의 이화접목으로 자신이 날린 칼에 자신의 가슴을 적중당했을 때보다 더 크게 두 눈을 부릅떴다.

방금 설무백이 건넨 말은 그가 평생을 지켜온 무공의 바탕이며, 오직 혈사자들 중에서도 상위 서열의 정예들에게만 해 둔 말이기 때문이다.

"네, 네가 어떻게 그걸……?"

설무백은 대답해 주고 싶었다.

말해 줘도 모를 테지만, 아니, 미친놈 취급을 할 테지만 그저 기분이 그랬다.

그렇지만 그는 말해 줄 기회를 놓쳤다.

쾌속하게 날아온 한 자루 도끼가 경악과 불신에 눈빛으로 그를 바라보고 있던 약정의 머리를 수박처럼 터트려 버렸기 때문이다.

파악-!

약전의 머리가 붉은 피와 허연 뇌수로 변해서 사방으로 비산했다.

그 사이를 헤집으며 공야무륵이 떨어져 내리더니 저만치 허공을 선회해서 돌아온 도끼를 잡아챘다.

도끼를 날려서 약전의 머리를 박살 낸 것은 바로 그였다.

"……."

설무백은 본의 아니게 이맛살을 찌푸렸다.

공야무륵이 그 모습을 보고 오해한 듯 서둘러 공수하며 고개를 숙였다.

"저와 싸우고 있었습니다. 제가 잠시 한눈을 판 사이 주군을 노리는 바람에 화가 나서 그만……! 죄송합니다!"

설무백은 대수롭지 않게 손을 내저었다.

"아니야, 그런 게……."

그다음에는 달리 설명해 줄 말이 떠오르지 않았다.

공야무륵이 어리둥절해하는 모습으로 눈을 끔뻑거렸다.

"아니, 그냥 그렇다고. 지금은 바쁘니까 나중에 얘기하자."

설무백은 멋쩍게 웃으며 말을 얼버무렸다.

대충 아무 말이나 건넨 것은 아니었다.

실제로 그는 아까 전부터 왠지 모르게 무언가 작금의 상황이 어울리지 않는다는 생각을 하고 있었다.

아무리 상대가 상대고 사도진악이 자리를 비웠다고는 하나, 쾌활림이 너무나도 무력하게 당하고 있었기 때문이다.

이유는 어렵지 않게 깨달을 수 있었다.

흑사자들은 나섰는데 정작 흑사자들의 수장인 흑룡과 그 예하의 형제들이 보이지 않았다.

게다가 무엇보다도 그가 가장 우려하던 역천강시가 하나도 나타나지 않고 있었다.

애초에 독심광의 구양보가 뒤로 빠지기에 역천강시를 데리러 가는 거라고 생각하고 있었는데, 도무지 나타나지 않고 있는 것이다.

'대체 뭐가 잘못된 거지?'

설무백은 그런 의문 속에 발길을 서둘렀다.

우선 구양보의 흔적을 따라가 볼 생각이었다.

그때 그런 그의 귓속으로 다급한 요미의 전음이 들려왔다.

ㅡ이쪽으로 한번 와 봐요, 오빠!

꽤나 멀리 떨어진 곳에서 전해지는 전음이었다.

설무백은 즉시 그 거리와 위치를 파악하며 신형을 날렸다. 그리고 이내 쾌활림의 중심부를 차지한 거대한 전각의 지하로 내려갔다.

그는 아직 모르고 있지만, 전각은 바로 사도진악의 거처였고, 그 아래 지하는 역천강시들을 보관하는 장소였다.

달팽이처럼 뱅글뱅글 돌아가는 지하 계단을 통해서 내려간 그곳, 창고처럼 드넓은 공간에는 역천강시가 잠들어 있을 법한 백여 개의 목관이 널려 있었던 것이다.

그러나 역천강시는 하나도 보이지 않았다.

목관은 하나같이 텅 비워져 있었고, 역천강시 대신 처참하게 죽은 구양보의 시체가 그 앞에 덩그러니 쓰러져 있을 뿐이었다.

"피 냄새가 짙어서 먼저 달려왔어요. 본디 마교대법의 인신공양을 통해서 만들어진 강기는 피 냄새가 아주 짙거든요. 그런데 와보 니 이 모양 이 꼴이네요. 대체 무슨 속셈인지, 일 다 향가량 전에 벌써 튀었어요."

"여기서 튀어……?"

설무백은 절로 고개를 갸웃했다.

지금 여기는 쾌활림의 중심을 차지한 전각의 지하인지라 빠져나갈 구멍이 없다고 생각해서 반문한 것이다.

그런데 그의 생각과 달리 빠져나갈 구멍이 있었다.

"이쪽이요."

요미가 백여 개의 목관이 늘어진 공간의 후방으로 한순간 날아가서 벽을 가리켰다.

거기에는 석굴처럼 생긴 작은 통로가 하나 있었다.

그녀는 반쯤 열려 있는 통로의 문을 신경질적으로 걷어차며 이를 갈았다.

"이것들이 글쎄 보란 듯이 반쯤 열어 놨더라고요!"

설무백은 분해서 어쩔 줄 모르는 요미의 모습을 보자, 그녀가 이미 통로의 끝까지 확인했다는 것을 간파하며 물었다.

"어디까지 연결되어 있어?"

요미가 대답했다.

"산의 뒤쪽 능선까지요. 통로를 벗어나자마자 세 갈래 길이에요. 중심은 무한으로, 좌우측은 장강으로 연결되는 길이더라고요. 여기에 비밀 총단을 구축하면서 빠져나갈 구멍부터 만들어 놓은 것 같아요. 삼백여 장이나 되는 토굴이 세 사람이 어깨를 나란히 해도 마음껏 달릴 수 있을 정도로 깔끔하다니까요, 아주!"

설무백은 분을 이기지 못하고 씨근대는 요미를 다독였다.

사실 그도 놀랍고 당황스러웠으나, 분기탱천한 그녀의 태도로 인해 오히려 그는 냉정을 유지할 수 있었다.

"됐다. 우선 여기서 나가자. 어차피 이후의 대처는 다른 사람들과 논의해 봐야 할 것 같다."

말을 끝내며 밖으로 나가려던 설무백은 머쓱한 표정으로 멈추었다.

일단의 무리가 안으로 들어서고 있었다.

남궁유화와 남궁유아 자매와 몇몇 무림맹의 무사들이었다.

"그 말 안 했으면 섭섭할 뻔했네요."

남궁유화의 말이었다.

설무백은 어색한 미소를 흘리며 손을 내저었다.

"일단 나가지?"

"아니요."

남궁유화가 잘라 말했다.

"다른 사람들도 직접 봐두는 게 좋아요. 우리가 상대한 적이 어떤 짓을 하고 있는지 알아야죠. 그래야 다음 적을 상대하는 데 여러모로 도움이 될 거에요."

설무백은 묵묵히 고개를 끄덕였다.

그녀의 말을 이해하고 수긍하는 것이 아니었다.

벌써 적지 않은 사람들이 그녀의 뒤를 따라서 지하 공간으로 내려오고 있음을 느꼈기 때문이다.

이윽고, 그들, 무리가 지하 공간으로 들어섰다.

현각대사 등 무림맹의 인물들 속에 산신군과 하백, 강상교가 섞여 있었는데, 거무튀튀한 목관이 즐비하게 깔린 지하 공간을 둘러본 그들의 얼굴에는 한결같이 놀람과 황당함의 빛이 떠오르고 있었다.

"그러니까, 이게 다 인신 공양으로 만든 강시가 들어 있던 목관인 거요?"

현각대사의 질문이었다.

설무백은 잠시 뜸을 들이다가 대답했다.

"그런 것 같습니다. 사실 저도 쾌활림이 보유한 역천강시가 이렇게나 많을 줄은 미처 예상하지 못했습니다. 이놈들이 다 나섰다면……."

그가 쓰게 입맛을 다시며 말꼬리를 흐리자, 남궁유화가 그를 대신하듯 나서며 부연했다.

"그랬다면 오늘 싸움은 우리도 낭패를 면치 못했겠지요. 이유는 모르겠지만, 참으로 전력을 낭비하고 있네요, 그 사람."

그 사람, 바로 지금 이 자리에 있었을 역천강시를 빼돌린 쾌활림의 림주 사도진악을 두고 하는 말이었다.

그녀는 도무지 모르겠다는 듯 절레절레 고개를 저으며 재우쳐 물었다.

"왜 이랬을까요?"

설무백은 자신이 생각하는 바를 그대로 말해 주었다.

"반신반의해서 대비는 해 놨지만, 예상보다 그 일이 더 빨리 일어나는 바람에 다르게 손을 쓸 수가 없었나 보지."

남궁유화가 그래도 모르겠다는 표정으로 바라보며 말꼬리를 잡았다.

"그가 무엇을 두고 반신반의했다는 거죠? 우리의 공격이요?

아니면 다른 뭐가 더 있는 건가요?"

설무백은 대답 대신 좌중을 둘러보았다.

대답을 기다리는 모두의 시선이 너무 부담스러웠다.

예나 지금이나 그는 타인의 관심에 익숙하지 않았다.

그는 특유의 미온한 미소를 입가에 그리며 모두를 향해 말했다.

"여기서 이럴 게 아니라 일단 밖으로 나가죠? 앞으로의 일을 논의하려면 얘기가 꽤나 길어질 텐데, 여기는 장소가 좀 그렇잖아요?"

반대하는 사람은 없었다.

다만 설무백의 제안대로 밖으로 나와서도 다들 그 자리에서 바로 대화를 진행할 수는 없었다.

앞으로의 일을 논의하는 것도 중요하지만, 전장을 수습하는 것도 뒤로 미룰 수 없는 일이었다.

그리고 그 일 또한 만만치 않았다.

모두가 나서서 죽은 동료들의 주검을 수습하고, 적의 시체를 묻는 것만도 적잖은 시간이 걸리는 일이었다.

설무백을 위시한 그들의 대화는 그래서 아침이 밝아온 다음이 되어서야 비로소 시작되었다.

몽고의 발호 십사 일째 날 아침

쾌활림의 주인인 암왕 사도진악의 거처인 대청이었다.

무림 역사상 처음으로 구대문파의 장문인들과 무림세가의 가주들을 비롯해서 녹림도 총표자와 장강십팔타의 총타주, 황하수로연맹의 대표가 한 자리에 둘러앉았다.

설무백은 그 자리에서 그간 자신이 파악한 마교총단의 동향과 일부 직접 부딪쳐 본 세력들의 전력을 밝혀 주었다.

그리고 본격적인 논의가 시작되었다.

논의의 핵심은 두 가지였다.

첫 번째는 앞으로의 대처였고, 그다음으로는 흑백양도를 막론한 진정한 무림맹의 창설이었다.

내용은 두 가지이나, 결국 하나로 귀결되는 논의였다.

결론은 쉽게 나지 않았다.

다들 의견이 분분했다.

마교를 상대하려면 무림의 세력이 하나로 뭉쳐야 한다는 점은 다들 동의하면서도 실질적인 문제에 들어가서는 저마다 의견이 갈렸다.

그리고 의견이 갈리는 주된 이유는 바로 그들 모두가 자신들의 문파를 거느렸다는 점이었다.

무림맹에 전력을 다하면 자파의 안위가 걱정되고, 전력을 나누면 죽도 밥도 안 되는 상황이 연출되는 것이다.

예전이었다면 그와 같은 생각을 하지 않았을지 몰랐다.

그러나 이미 전례가 있었다.

자파의 핵심요인들과 다수의 정예들을 무림맹에 파견했던 점창파와 종남파가 총단이 불타서 잿더미로 변하는 화를 당했고 아직 정확히 확인되지는 않았으나, 곤륜파의 경우도 실로 비관적이었다.

하다못해 구대문파 중에서 태산북두라는 소림이나 무당과 비견되는 검도명문 화산파도 적의 공격으로 막대한 피해를 입은 상황이었다.

천사교의 총단이 괴멸되었고, 흑도천상회가 와해되었으며, 알게 모르게 마교와 손잡고 흑도천상회를 좌지우지하던 쾌활림의 비밀 총단마저 무너트렸음에도 불구하고 각대문파와 무림세가의 존장들은 여전히 자파의 안위를 걱정하고 있었다.

이건 작금의 중원무림이 그만큼이나 불안정한 상태라는 뜻이기도 했는데, 정작 천사교주와 사도진악을 잡지 못했기 때문에 더욱 그랬다.

게다가 그것 말고도 크게 한몫을 하는 이유가 하나가 더 존재했다.

다들 애써 내색은 삼가고 있으나, 무림맹의 지위 고하를 가리는 문제가 바로 그것이었다.

상명하복이 이루어지지 않는 세력은 있으나마나한 존재이기에 어김없이 지위 고하를 나누어야 하는데, 평소 대립하던 흑백양도의 인물들을 어떻게 상하로 가릴지, 또한 가리고 나서도 과연 그들이 그것을 얼마나 지키고 따를지 의문인지라 다들 눈치를 보며 언급조차 하지 못하는 숙제로 남은 상태였다.

결국 논의는 결론을 맺지 못하고 중언부언 제자리걸음으로 맴돌며 시간만 축냈다.

다들 말로는 양보하면서 실제는 한 치도 양보할 생각이 없어서 시간이 지날수록 논점도 흐려지고 대책도 사라지며 어지럽게 흘러가고 있었다.

'애들 싸움!'

마교의 동향을 알려 준 이후부터 내내 뒤로 빠져서 침묵하고 있던 설무백은 내심 그렇게 정의하며 고소를 금치 못했다. 그리고 결국 시간이 아까워서 그냥 자리를 박차고 일어났다.

"……!"

정신없이 난상토론을 벌이던 모두의 시선이 문득 자리에서 일어난 그에게 쏠렸다.

설무백은 특유의 미온한 미소를 지으며 대수롭지 않게 한마디 했다.

"아무리 봐도 오늘내로 결론이 날 것 같지 않으니, 저는 이만 빠지겠습니다. 결론이 나면 연락해 주세요."

누구는 계면쩍어하고 누구는 어리둥절해하며, 또 다른 누구는 분노한 기색이었다.

분노한 기색인 종남파의 장문인 부약도가 말했다.

"쉽게 결론을 내릴 수 없는 어려운 일이니까 그렇지. 그럴수록 함께하며 같이 고민을 해야지 그렇게 혼자만 쏙 빠지는 건 또 무슨 경우인가?"

설무백은 잠시 뜸을 들이다가 다시 돌아서 부약도를 쳐다보며 불쑥 반문했다.

"내가 귀하에게 하대를 허락했던가?"

부약도가 선뜻 대답하지 못한 채 안색이 썩은 대춧빛으로 변했다.

설무백은 대답을 기다리지 않고 주의를 주었다.

"연배가 높다고, 일파의 존장이라서 등, 자신만의 잣대로 남을 대하는 건 좋지 못한 버릇이오. 그렇게 따지면 산 노인과 내가 어찌 나이를 초월한 친구가 될 수 있었겠소. 앞으로는 주의해 주시오."

장내의 분위기가 싸해졌다.

당사자인 부약도는 전혀 틀린 말이 아닌데다가, 아니, 매우 옳은 말인데다가, 곁에 앉아 있는 녹림도 총표파자 산신군의 눈치도 있어서 감히 항변도 못하고 얼굴만 붉히고 있었다.

"그럼 저는 이만······!"

설무백은 그에 아랑곳하지 않고 가볍게 공수하며 돌아섰다.

형식적으로나마 장내의 회의를 진행하던 남궁유화가 퉁명스러운 목소리로 그를 불렀다.

"이유야 어쨌든 다들 나름 최선을 다해서 논의를 하고 해결책을 찾으려 애쓰고 있는데, 그리 혼자 나 몰라라 가는 것은 예의가 아니지요."

설무백은 다시 돌아서서 남궁유화를 바라보았다.

일단 한 번은 참고 넘긴 연후이니, 다른 사람이었다면 냅다 주먹이 날아갔을지도 몰랐다.

그는 주먹 대신 맹점을 찔렀다.

"내가 보기에는 지금 다들 해결책을 찾으려는 것이 아니라 문제를 악화시키고 싶어 하는 것 같아서 말이오."

남궁유화가 물었다.

"어째서 그렇게 보는 거죠?"

설무백은 질문한 남궁유화가 아니라 좌중을 둘러보며 생각하는 것을 가감 없이 그대로 말했다.

"단체 생활에서 양보는 미덕이 아니라 기본이오. 또한 다른 사람의 입장을 무시하며 자신의 주장이나 생각을 굽히지 않으면 그건 논의도 협상도 아니오. 그저 잡설이지."

그는 고개를 돌려서 남궁유화를 바라보며 말을 끝맺었다.

"나는 그렇게 생각한다는 거요. 그래서 여기 그냥 앉아 있으려니 시간이 아깝구려."

장내의 모두가 한 방 맞은 표정을 지었다.

분노해서 얼굴을 붉으락푸르락하는 사람도 있었다.

그때 남궁유화가 웃었다. 그리고 그의 말에 동의했다.

"과연 그렇군요. 난상토론은 좋은 것이지만, 서로 간에 양보가 없으면 쉽게 끝나는 법이 없으니까요. 알겠어요. 돌아가 계세요. 언제고 결론이 나면 알려 드리도록 하지요."

장내가 찬물을 끼얹은 것처럼 조용해졌다.

곡해하던 분노가 사라지고 다들 머쓱해하는 분위기였다.

그때 설무백과 마찬가지로 내내 뒤로 빠져서 침묵으로 일관하고 있던 현각대사가 불쑥 말했다.

"그럼 어디 한번 설 시주가 나서 보는 게 어떻겠소? 잘못된 길을 가고 있다는 것을 안다면 제대로 된 길도 안다는 뜻이 아니겠소."

설무백은 슬쩍 현각대사를 바라보았다.

현각대사의 깊고 맑은 눈빛이 반감으로 하는 얘기가 아니라는 것을 말해 주고 있었다.

그렇다면 굳이 뺄 이유가 없었다.

"흑백양도가 함께하는 무림맹을 창설하는 것은 본인도 찬성입니다. 그래서 의견을 내자면, 어제와 오늘의 일격은 마교와의 큰 싸움 한판을 이긴 것과 마찬가지의 효과가 있다고 생각합니다. 천사교는 저들의 일부이며, 쾌활림은 저들의 수족으로 봐야 하니까요."

좌중 모두가 인정하는 투로 고개를 끄덕였다.

설무백은 그런 좌중을 살피며 힘준 목소리로 계속 말했다.

"이번 싸움으로 저들은 수세에 몰리게 된 겁니다. 적어도 중원에서는 그렇습니다. 따라서 각대문파의 존장들께서 걱정하는 것처럼 자파의 병력을 무림맹과 나눌 경우에 일어나는 위험 부담은 실로 대폭 줄었다고 말할 수 있습니다. 그래도 못내 걱정스럽다면 각기 문파의 정예를 한두 명씩 선출해서 따로 별동대를 조직하면 되지 않겠습니까. 어디에 있는 어떤 문파라도 지원할 수 있도록 말입니다."

모두가 수긍하는 분위기였다.

왜 그걸 생각해 내지 못했는지 모르겠다는 표정으로 감탄하는 사람도 있었다.

와중에 질문이 나왔다.

"고작 별동대 하나로 어찌 무림맹에 소속되어 있는 모든 문파들을 도울 수 있겠소. 물론 모든 문파가 동시에 위급한 상황을 당하리라는 보장은 없지만, 그래도 한꺼번에 두 군데 혹은 세 군데라도……!"

"물론 별동대는 하나만 조직하는 게 아닙니다. 네 개의 부대를 조직하는 것이 가장 적당할 것으로 보입니다. 동서남북으로, 무림맹의 외각에 주둔시킨다면 보다 더 빠른 대처가 가능할 겁니다."

질문을 던진 사람은 역시나 성질 급한 것이라면 둘째가라면 서러워할 점창파의 장문대리 여진소였다.

성질은 급해도 사리는 무분별하지 않는 그는 설무백의 대답을 듣자마자 바로 고개를 끄덕이는 것으로 수긍하고 있었다.

설무백은 그와 같은 장내를 둘러보는 것으로 더 이상의 질문이 없다는 것을 확인하며 내친김에 다들 눈치만 볼 정도로 민감하게 생각하는 지위 고하에 대해서도 언급했다.

"또한 무림맹의 편제도 어렵게 생각할 필요 없습니다. 구대문파를 포함한 각대문파의 존장들을 맹주 예하의 대주로 임명하면 간단합니다. 각각의 대주는 기본적으로 동격이니, 서로가 서로에게 눈치를 볼 일도 없고, 자존심이 상할 일도 없지 않겠습니까."

"오, 과연 그렇구려!"

현각대사가 바로 감탄하는 것으로 동의하며 설무백을 치켜세웠다.

"그리 간단하게 해결되는 문제를 왜 그리도 생각해 내지 못한 것인지…… 허허허……!"

잠시 웃음을 흘린 현각대사가 새삼스러운 눈빛으로 좌중을

천외천의
주인

둘러보며 재우쳐 말했다.

"자, 그럼 이제 마지막으로 한 가지 문제만 남은 것 같소. 새 술은 새 부대에 담으라는 말이 없더라도 빈승은 그간 실로 능력의 부재로 고충이 이만저만 아니었소. 해서, 차제에 새로운 무림맹주를 추대하고 싶은데, 과연 어느 분이 좋을지 다들 기탄없이 추천해 보시오."

오늘 처음 나온 갑작스러운 발언은 아닌 것 같았다.

다들 어느 정도 수긍하는 분위기 아래, 저마다 눈치를 보았다.

장내가 소리 없이 웅성거리는 가운데, 산신군이 슬쩍 손을 들어서 주변의 시선을 끌며 발언했다.

"순전히 능력만 본다면 본인은 기꺼이 설 공자를 추천하고 싶소. 제가 보기엔 그보다 더 무림맹을 잘 이끌 사람은 없을 듯하오."

"재청이오!"

장강수로십팔타의 총타주인 하백이었다.

앞서 회의가 진행되고 있을 때는 딴 세상 사람처럼 다리를 꼬고 앉아서 귀를 후비거나 손톱을 다듬고 있던 그가 새로운 무림맹주를 뽑자는 말에 바로 자세를 바로하고 앉더니, 이내 산신군의 추천에 동의하는 것이다.

그리고 또 동의하는 사람이 있었다.

"삼청이오!"

이번에는 황화수로연맹의 부맹주인 강상교의 동조였다.

일순, 장내가 웅성거렸다.

별다른 소리 하나 없이 어수선해진 분위기였다.

싫거나 좋고의 문제가 아니었다.

제아무리 고강한 무력의 소유자라고 해도 이제 고작 이십 대의 젊은이를 무림맹주로 추대한다는 것에 대한 거부감이, 일종의 반감이 전통과 관례를 중시하는 구대문파와 각대문파의 존장들 사이에서 일어나고 있었다.

설무백은 내심 고소를 금치 못했다.

무림맹주의 자리에 대한 욕심은 눈곱만큼도 가지고 있지 않았으나, 그도 어쩔 수 없는 사람인지라 지금 장내에서 일어나는 거부감은 못내 불편했다.

그러나 그럼에도 불구하고 그는 웃는 낯으로 나서서 애초에 가지고 있던 생각을 관철했다.

"아닙니다, 저는. 일천한 경험을 가진 제가 무슨 능력으로 이렇듯 내로라하는 명숙들을 이끌 수 있겠습니까. 대신 저도 다른 사람을 추천하도록 하지요."

힘준 목소리로 단호하게 말한 설무백은 슬쩍 고개를 돌려서 공야무륵과 내내 싸움에 나서지도 않고 그림자처럼 그의 곁에만 붙어 있던 철면신의 곁에 시립해 있는 철각사를 바라보았다.

철각사가 대번에 이맛살을 찌푸렸다.

설무백은 씩 웃어 주고는 자리에서 일어나서 철각사의 곁에서며 다시 말했다.

"이분입니다. 저는 이분이 작금의 무림맹을 이끄는 데 가장 적합한 분이라고 생각합니다. 다들 누군데 저렇게 호들갑을 떠는가 하고 의문이 많으실 텐데, 이분의 명호를 들으시면 충분히 납득하실 겁니다."

장내가 한층 더 크게 술렁거렸다.

설무백은 그러거나 말거나 철각사를 향해 나직이 물었다.

"제가 소개할까요, 직접 하실래요?"

그리고 전음으로 덧붙였다.

ㅡ제게 진 빚 이번 한 번으로 다 탕감시켜 드리도록 하지요.

철각사가 헛기침을 하며 앞으로 나서서 좌중을 향해 정중히 공수하며 자신을 소개했다.

"석정이오!"

장내가 시간이 멈춘 것처럼 얼어붙어 버렸다.

전설무왕간부도의 주인, 천하제일고수 무왕 석정의 이름을 모르는 사람은 장내에 없었던 것이다.

쾌활림과의 싸움이 시작되었을 때, 다른 누구와 비교할 수 없을 정도로 강렬한 존재감을 발휘한 사람은 누가 뭐래도 바로 설무백이었다.

무림의 역사 이래 손꼽을 정도의 절대고수들만이 연성한 것으로 알려진 이기어술을 선보인 그의 신위는 가히 경이로웠고, 지켜보던 모든 이들의 가슴 깊이 적수를 찾기 어려운 절대고수로 새겨졌다.

다만 절대무적의 존재감을 발휘한 설무백으로 인해 적잖게 빛이 바래긴 했으나, 구대문파의 장문인들과 각대문파의 명숙들도 노익장을 발휘했다. 또한 그들의 노익장이 무색할 정도로 발군의 실력을 드러낸 신성들도 있었다.

화산파의 무허와 아미파의 월정, 그리고 하백의 곁을 지키고 있지만 본디 설무백의 예하라는 동곽무가 바로 그들이었다.

특히 월정과 동곽무의 존재감이 두드러졌다.

무허는 그래도 최근 이곳저곳의 싸움에서 화산의 매화검에 이런 독한 수법이 있었나 싶을 정도로 무정한 살검을 선보이며 이미 화산검귀라는 별호를 얻은 검객인 데 반해, 월정과 동곽무의 경우는 그동안 한 번도 강호무림에 모습을 드러내지 않았던 인물들이기에 더욱 그랬다.

그러나 그런저런 이유를 전부 다 감안해도, 이번 싸움에서 설무백 다음으로 가장 눈부신 활약을 보임으로써 주변의 이목을 끈 사람은 두 사람, 바로 설무백이 대동한 공야무륵과 정체 모를 철각노인이었다.

그들, 두 사람의 무력은 실로 대단했고, 막상막하였는데, 그래도 사람들의 시선을 더 잡아 끈 것은 바로 철각노인이었다.

거침없이 흉포하고 파괴적인 면에서는 공야무륵이 월등했으나, 빠르고 예리한 검격(劍擊)의 신랄함은 철각노인이 월등했기 때문이다.

무엇보다도 철각노인은 제대로 된 검법을, 소위 성명절기나 비전의 검법으로 볼 수 있는 검결은 단 한 수도 사용하지 않았다. 그저 베고 찌르는 단순한 초식만을 반복해서 적을 상대했는데, 그 어떤 적도 그 앞에서 무력하게 목숨을 내놓았다.

　철각노인이 하수들만 상했다면 또 모르겠으나, 그것도 아니었다.

　그는 항상 전장에서 가장 눈에 띄는 적만을 골라서 처단했기에 다들 그의 조예가 귀신처럼 뛰어나다고 인정할 수밖에 없었다.

　그래서 사람들은 생각했다.

　과연 저 사람이 본격적으로 성명절기를 발휘한다면 얼마나 강할까?

　그런데 바로 그 사람, 전장에서 설무백 다음으로 눈부신 활약을 보인 철각노인의 정체가 드러났다.

　놀랍다 못해 황당하게도 그의 정체는 바로 천하제일고수인 무왕 석정이었던 것이다.

　장내는 찬물을 끼얹은 것처럼 조용해졌다.

　철각노인, 철각사의 정체가 무왕 석정이라는 사실도 충격이었으나, 그 뒤를 따라오는 충격도 무시할 수 없었기 때문이다.

　천하제일고수 무왕이 왜, 어떻게, 무슨 이유로 설무백의 예하에 있단 말인가?

　게다가 모두의 의문은 거기에 그치지 않았다.

지금 자신을 무왕 석정이라고 밝힌 철각사의 모습은 비록 말로만 들었지만, 그들이 알고 있던 무왕 석정의 모습과 많이 달랐던 것이다.

　다들 그로 인해 선뜻 나서지 못하고 눈치만 보고 있는 그때, 역시나 성질 급한 종남파의 장문인 부약도가 나섰다.

　"에…… 저기, 대단히 죄송하지만, 그쪽 분이 정말 무왕 석정, 석 대협이 맞습니까?"

　죄송하다고 말하지만 전혀 죄송한 태도가 아니었다.

　정말로 진위를 확인하고 싶어서 그런 것인지도 모르겠으나, 공손한 태도를 버리고 고개를 빳빳이 들고서 철각사의 눈을 직시하고 있었다.

　누구 하나 말리는 사람도 없었다.

　장내의 모두가 그와 같은 의문을 품고 있는 것이다.

　철각사는 가만히 고개를 끄덕였다.

　타인에게 자신의 본색을 부정당했으니 화가 날 법도 하련만, 그는 태연하게 웃으며 반문했다.

　"어떻게 해야 내가 석정임을 믿겠소? 이 자리에서 분뢰검(噴雷劍)을 드러내 보여야 하는 거요?"

　정식명칭은 분광뇌풍검법(紛光雷風劍法)이었다.

　바로 무왕 석정의 손에서 펼쳐진 성명절기였다.

　일순, 부약도는 흠칫했다.

　대답을 하며 마주 바라보는 철각사의 심연처럼 깊은 눈빛에서 위압감을 느꼈기 때문이다.

분명 분노한 것이 아님에도 자연스럽게 드러난 위엄이었다.

하지만 부약도는 그대로 물러나지 않았다.

명색이 그도 구대문파의 하나인 종남파의 장문인인 것이다.

애써 평정을 유지하는 그는 보란 듯이 부드러운 미소를 지으며 손을 내저었다.

"실례가 되었다면 너그럽게 용서하시오. 하지만 일찍이 본인이 듣던 바와 여러모로 다른데, 막상 그쪽 분이 진짜 무왕으로 불리시는 전설의 그 석 대협이 맞는지 확인할 방법이 없어서 말이오."

멋쩍게 웃은 그는 장내를 둘러보며 은근히 말을 덧붙였다.

"이는 본인만이 아니라 모두의 마음일 거요."

철각사는 대답 대신 슬쩍 설무백을 바라보았다.

무언가 도움을 구하는 눈빛이었다.

설무백은 그런 철각사의 시선을 무시하며 침묵했다.

이건 당사자가 풀어야 하는 문제였다.

그가 나서면 해결은 되겠지만, 이 자리에서만 그렇지 다른 자리에서는 다를 터였다.

그렇듯 신임을 받지 못한 상태로 무림맹주의 자리에 앉는 것은 아무런 의미가 없었다.

철각사가 그런 그의 마음을 읽은 듯 못내 쓰게 웃고는 좌중을 향해 말문을 열었다.

"나를 아는 자들은 다들 실없이 먼저 간 까닭에 지금 이 자리에 있는 여러분에게 내가 누구인가를 증명할 방법은 없소. 내가 이 자리에서 분뢰검을 펼친다면 믿을 거요?"

그는 웃는 낯으로 고개를 저으며 자신이 건넨 질문에 스스로 답했다.

"아닐 거요. 그대들은 분뢰검을 본 적도 없지 않소."

사실이었다.

지금 장내에 있는 사람들 중에서 무왕 석정의 성명절기인 분뢰검을 견식한 사람은 없었다.

설무백이 있긴 하나, 그는 이미 철각사를 무왕 석정으로 소개했고, 그럼에도 불구하고 다른 사람들이 의심하고 있는 것이니 나서나 마나한 것이다.

"그러니 이렇게 말하겠소."

철각사가 다시 말하고 있었다.

"지금 여기 이 자리에 서 있는 나는 과거 천하제일고수로 불리던 무왕 석정이 아니고, 아는 사람만 아는 이름인 고정산도 아니오. 세월이 흐르면 사람은 변하기 마련이라는 것을 말하는 것이 아니라, 과거에 어떻게 불렸던지 간에 지금의 나는 애꾸에 다리 하나가 없는 늙은이인 철각사로 다시 태어났고, 그것으로 족하다는 뜻이오."

잠시 말을 멈춘 그는 입가의 미소를 한결 짙게 드리우며 좌중을 둘러보았다.

그리고 이내 나직한 목소리로 말을 끝맺었다.

"그것 말고는 내가 나를 소개할 것은 더 이상 없으니, 이제 믿고 안 믿고는 그대들의 몫이요."

사람들이 자신을 무왕 석정이라고 믿거나 말거나 정작 그 자신은 아무런 상관이 없다는 태도였다.

장내가 소란스러워졌다.

저마다 이런저런 얘기를 주변의 지인들과 속삭였다.

돌이켜 보면 철각사를 무림맹주로 추천한 사람은 설무백이었고, 정작 철각사는 미온한 태도를 취했었다.

아니, 정확히는 싫은 내색을 했었다.

이런저런 상황이 맞물려서 좌중의 분위기를 더욱 어수선하게 만들고 있었다.

다만 그 누구도 완전한 수긍과 승낙을 말하는 사람은 없었다.

다들 설무백의 추천이니 대놓고 반대는 못하고 따로 심사를 해 보자는 부류와 굳이 그럴 필요까지 있느냐는 부류로 나눠져서 수군대는 목소리로 설전을 벌이는 형국이었다.

그때 화산파의 신임장문인 적엽진인이 조심스럽게 나서며 말했다.

"과거 빈도의 사부님께서 늘 입버릇처럼 제게 해 주신 말씀이 하나 있습니다. 바로 사부님과 친분이 있으신 석 대협이 해 준 말이라고 하셨는데, 우리 화산을 비롯한 구대문파를 꾸짖는 말이었지요. 혹시……?"

적엽진인의 말이 미처 끝나기도 전에 철각사가 난감한 표정을 지으며 나서서 물었다.

"미안하오만, 구대문파의 배분은 워낙 복잡해서 내가 이해하기 어려운데다가, 무엇보다도 귀하가 누군지 모르겠구려."

장내가 뜨악해졌다.

강호에 사는 무림인들의 습성은 실로 묘해서 신분이 드러나지 않으면 매우 유리하다고 생각하지만, 다른 한편으로 남들이 알아주지 않고 못 알아보는 것을 더 두려워한다.

그럴 수밖에 없는 것이, 강호무림이라고 불리는 중원 십팔만리에 사람이 좀 많은가.

혹자들은 누가 몇 대 고수고 누가 어디의 패주니 하며 떠벌이지만, 실생활에서의 그들은 서로 만나려고 애쓰지 않는 한 평생 동안 한 번도 만주치지 못할 수 있는 곳이 바로 강호무림이었다.

이른바 사천의 고수는 하북의 고수를 모르고, 산동의 고수는 복건에서만큼은 뒷골목 건달의 졸자만큼도 알려지지 않는 것이 상례인 것이다.

그러나 상대는 신임이라고는 하나, 엄연히 구대문파의 하나인 화산파의 장문방장이었다.

적엽진인의 입장에선 화를 내도 무방한 상황이었다.

그러나 적엽진인은 화를 내기는커녕 기꺼운 미소를 지으며 대답해 주었다.

"당시에는 이대제자였고, 본의 아니게 일대를 거쳐서 지금은 부족한 몸으로 화산을 이끌고 있는 적엽입니다."

철각사는 이제야 기억이 났는지 반색한 얼굴로 일그러졌던 눈 하나를 크게 뜨며 말을 받았다.

"아, 적엽! 경빈의 제자로군! 이제 기억나네. 예전에 경빈과 안면을 튼 이후 검산에 볼일이 있어서 갔다가 우연찮게 다시 만났을 때 들었지. 자네가…… 아니, 그대가 팔불검 한상지의 사제인 적엽이었군그래."

적엽진인이 바로 대답했다.

"예, 그렇습니다. 배분은 빈도가 두 단계나 아래지만 정수(淨修) 사형과 제가 같이 경빈 사부님을 모셨었지요. 아, 정수는 한상지, 한 사형의 당시 도명(道名)입니다."

철각사가 더 없이 기꺼운 표정으로 적엽진인을 대했다.

자신이 기억하는 사람을 만나자 반가운 모양이었다.

"그랬구려. 아무튼, 그때 내가 했던 말도 기억하오. 당시 내가 좀 세상모르고 거만해서 그런 말을 했었소. 구대문파는 대오 각성하지 않는 한 전통의 명문이라는 이름 아래 매몰될 것이라고, 안 그런 척 하지만 실제는 아전인수(我田引水) 격으로, 자파의 기득권만을 위해서 명분을 찾으며 악머구리처럼 애쓰는 모습이 안쓰러울 정도라고……."

그는 문득 회한에 젖은 듯한 눈빛을 드러내며 나직이 말을 덧붙였다.

"지금 돌이켜 보면 실로 주제 넘는 말이었소."

그는 두 팔을 펼쳐서 자신의 모습을 보라는 시늉을 하며 말을 끝맺었다.

"이렇게 내 앞도 제대로 보지 못하면서 말이외다. 하하하……!"

철각사의 웃음소리와는 별개로 장내가 크게 웅성거렸다.

그들의 주고받은 대화로 말미암아 철각사가 진짜 무왕 석정이라는 사실이 밝혀진 것이다.

적엽진인이 그런 장내의 분위기에 쐐기를 박았다.

"화산의 후배가 무왕 석정, 석 대선배를 뵙습니다!"

어수선하던 장내가 다시금 찬물을 끼얹은 것처럼 조용해졌다.

그 와중에 좌중의 인물들이 하나둘씩 자리를 털고 일어나서 철각사를 향해 포권의 예를 취하고 있었다.

야인 철각사로 다시 태어난 과거 천하제일고수 무왕 석정이 구대문파를 비롯한 각대문파의 주인들에게 무림맹의 맹주로 인정받는 순간이었다.

세상의 시간은 누구에게나 공평해서 무왕 석정을 맹주로 추대하는 새로운 무림맹이 창설되는 그 순간에 다른 사람들도 저마다의 이득과 실리를 위해서 바쁘게 움직이고 있었다.

사도진악도 그중의 한 사람이었다.

천외천의
주인

꼬박 하루를 달려서야 겨우 그의 시야에 들어온 중경 동부의 도부산은 듣던 바 그대로 수풀이 우거진 밀림 속에 칼처럼 뾰족한 기암괴석이 흩뿌려져 있는 명산이었다.

다만 생각보다 더 드넓은 대지를 차지한 거악(巨嶽)이라 산의 치맛자락으로 들어서고 나서도 약속 장소인 이면소축이 자리한 북쪽 기슭으로 돌아가는 데에 다시 한 시진 이상이 소요되었다.

그러나 그가 생각지도 못한 상황은 그것만이 아니었다.

애초의 약속은 마교총단의 수장인 천마이공자 극락서생 악초군의 측근 중의 하나이자, 마교총단의 무상인 유명노조(幽冥老祖) 반노노(瘢老老)를 만나기로 했는데, 막상 이면소축에 도착해서 강(强) 총관이라는 중늙은이의 안내로 들어선 대청에는 반노노만이 아니라 다른 사람도 함께 있었다.

사도진악은 내심 적잖게 놀랐다.

못내 무척이나 당황스럽기도 했다.

반노노와 함께 대청의 탁자에 앉아 있다가 일어나서 그를 맞이한 사람이 바로 마교총단의 단주인 홍인마수 혁련보였기 때문이다.

"어서 오시게 사도 림주. 그간 적조했네 그려."

혁련보는 더 없이 친근하게 사도진악을 맞이했다.

무엇보다도 반노노보다도 먼저 나서서 인사를 건네고 있었다.

먼저 나서지 않고 뒤로 빠져 있는 반노노의 떨떠름한 태도도 매우 이채롭게 다가왔다.

이건 절대 가볍게 넘길 수 없는 상황이었다.

사도진악이 알고 있기로 반노노와 혁련보는 그리 가까운 사이가 아니었다.

이미 아는 사람은 다 아는 사실이지만, 마교총단은 알게 모르게 여러 파벌로 갈려 있고, 그들은 서로 다른 계파였다.

따라서 사도진악은 그간 반노노와 긴밀한 관계를 유지하고 있으면서도 지난날 마교총단을 방문한 이후에는 단 한 번도 마교총단의 다른 인물들과 만난 적이 없었다.

그건 그가 원하지 않기도 했지만, 그에 앞서 반노노가 노골적으로 그와 다른 사람과의 만남을 차단하고 있다는 느낌을 지울 수 없는 일이었는데, 그는 그것을 굳이 따지거나 하지 않았다.

상대가 누구든지 간에 다른 사람이 그를 선택하는 것은 좋지 않았다.

이유 여하를 막론하고 그가 다른 사람을 선택하는 것이 좋았다.

그는 매사에 자신이 주도하는 것이 아니면 싫었다.

천사교와 적극적으로 손잡지 않고 일정 부분 거리를 둔 것은 그 때문이 아니던가.

그런데 예기치 않게 돌발적인 상황이 벌어진 것이다.

"예, 그간 적조했습니다, 단주님."

사도진악은 애써 다른 내색을 삼가며 정중하게 인사를 하고는 새삼 뒤로 빠져 있는 반노노의 기색을 눈여겨 살폈다.

반노노의 표정은 첫눈에 느껴지는 인상 그대로 떨떠름한 모습이었고, 와중에 그를 바라보며 무언가 주지시키려는 눈빛이었다.

그러면서도 전음조차 보내지 않는 이유는 대체 무슨 이유일까?

속으로는 못내 그런 생각을 하면서, 사도진악은 웃는 낯으로 혁련보를 향해 말했다.

"한데, 사전에 연락도 없이 단주님께서 여긴 어쩐 일이십니까?"

혁련보가 자못 섭섭하다는 표정을 지으며 넌지시 사도진악의 말을 꼬집었다.

"어째 오지 말아야 할 곳을 왔다는 얘기처럼 들리는구려. 우리가 뭐 사전에 연락을 하고 만나야 하는 그런 사이는 아니지 않소."

"그럼요. 오해십니다."

사도진악은 빠르게 자세를 낮추며 재우쳐 말했다.

"그저 놀라워서 그러지요. 언제든지 말씀만하시면 제가 달려갔을 텐데, 이렇듯 갑작스럽게 직접 찾아오셨으니 제가 어찌 놀라지 않겠습니까. 하하하……!"

"그건 또 그렇구려. 하하하……!"

혁련보가 기분 좋은 모습으로 따라 웃고는 이내 그치며 자못 진지한 표정으로 말문을 돌렸다.

"근데, 이게 또 이럴 수밖에 없었소. 모종의 문제로 우리 이 공자께서 하도 닦달을 하셔서 말이오."

"……!"

사도진악은 애써 내색을 삼갔으나, 내심 심장이 쿵 하고 울렸다.

느닷없이 마교총단의 단주인 혁련보가 나타난 것도 당황스럽고, 못내 다른 한편으로 이것저것 계산이 복잡한 마당에 마교총단의 주인인 천마 이공자 극락서생 악초군의 일로 왔다고 하니, 실로 도둑이 제 발 저린다는 식으로 가슴이 뜨끔했다.

"이공자께서 무슨 일로……?"

"다름이 아니라……."

사도진악의 반문을 들은 혁련보가 바로 본론을 꺼냈다.

"이걸 어떻게 얘기해야 옳은 건지 잘 모르겠지만, 세상 두려운 게 없어 보이는 이공자께서도 사실은 두려운 게 하나 있소. 바로 천마공자의 죽음에 관한 것이오."

사도진악은 본의 아니게 다시금 눈이 커지면 더 없이 혼란스러워졌다.

이건 뭐 점점 더 첩첩산중(疊疊山中)이요, 설상가상(雪上加霜)에 점입가경(漸入佳境)이었다.

이젠 이공자의 문제가 언급되는 것도 모자라서 오래전에 실종되었다는, 그래서 죽은 것이 거의 확실시된다는 천마공자의 얘기까지 나오고 있는 것이다.

"대체 그게 무슨 문제라고……?"

쓸데없는 질문이었다.

사도진악은 질문을 하고 나서야 자신이 그릇된 질문을 했다는 것을 깨달으며 재빨리 덧붙였다.

"그러니까, 저는 듣기에 천마공자가 이미 오래전에 죽었다고 들어서 말입니다."

혁련보가 이해할 수 있다는 표정으로 고개를 끄덕이며 대답했다.

"그렇소. 다들 그렇게 생각하고 있지요. 하물며 본인도 그렇게 생각한다오. 하지만 이공자는 그렇게 생각하지 않소. 아직도 여전히 천마공자의 그늘에서 벗어나지 못하고 있다오."

이는 자칫 자신이 모시는 주인을 무시하는 불경으로 받아들여질 수 있는 말이었다.

그래서 사도진악은 조금 걱정됐다. 약간 두렵기도 했다.

세상에는 공짜가 없어서 모든 일에는 대가가 따르기 마련인 것이다.

이유 여하를 막론하고 감추어도 시원찮은 일을 이렇듯 주저하지 않고 말하고 있으니 그 뒤에 따라붙을 대가가 어느 정도일지, 그는 감히 상상조차 할 수 없었다.

그는 실로 조심스럽게 물었다.

"저는 정말 모르겠습니다. 단주께서 듣지 않아도 좋을 그런 말씀을 제게 하는 저의가 무엇인지요?"

혁련보가 빙그레 웃으며 말했다.

"본인이 너무 횡설수설했지요?"

"아닙니다. 그저 제가 부족해서 그런 것이지요."

사도진악은 눈치껏 재빨리 자세를 낮추었다.

혁련보가 그에 만족한 듯 기꺼운 표정으로 웃으며 본론을 꺼냈다.

"최근 강호무림에 천마공자만이 쓸 수 있는 마공기예를 쓰는 자가 나타났다고 하오."

사도진악은 진심으로 놀라서 눈이 커졌다.

혁련보가 그런 그의 모습을 직시하며 다시 말했다.

"사실 이건 천사교주에게 확인해야 할 일이었소. 마교의 선봉으로 나선 자가 그이니, 이 또한 그의 임무이니까. 한데, 사도 림주도 잘 알다시피 전부터 천사교주가 우리 마교총단과 엇나가고 있었던 데다가, 최근 불미스러운 사태를 당해서 조직 자체가 와해되어 버리는 바람에 이렇듯 내가 직접 림주를 찾아온 것이오."

"여부가 있겠습니까!"

사도진악은 사뭇 단호하게 수긍하며 재촉했다.

"제가 도울 수 있는 일이라면 기꺼이 돕겠습니다! 어서 말씀해 보십시오!"

혁련보가 말했다.

"정확히 누구다 하고 밝혀지지 않아서 이런저런 말들이 아주 많소. 누구는 정체불명의 고수라고 하고, 또 다른 누구는 정체불명의 기인이라고 한다는데, 최근에 본인이 접한 정보에 따르면 딱 한 사람이 가장 근접한 인물인 것 같소."

"누굽니까, 그자가?"

"그자는……!"

사도진악의 채근에 입을 연 혁련보가 문득 말을 그치며 슬며시 이맛살을 찌푸렸다.

사도진악은 직감할 수 있었다.

지금 암중의 누군가가 혁련보에게 전음을 보내고 있는 것이 분명했다.

'무슨 일이지……?'

사도진악의 의문이 무르익기도 전에 대뜸 혁련보가 끌끌 혀를 차며 말했다.

"실망스럽구려, 사도 림주. 아무래도 이번 일은 사도 림주가 해결할 수 있는 일이 아닌 것 같소."

"……?"

사도진악은 실로 어리둥절했다.

느닷없는 혁련보의 태도변화를 그는 도저히 이해할 수 없었다.

"아니, 왜 갑자기 이러시는지……?"

혁련보가 대답 대신 아이를 꾸중하듯 면박을 주었다.

"대체 집안 단속을 어찌하고 나섰기에 그 모양이오?"

"예……?"

"예고 뭐고 간에 어서 빨리 쾌활림의 총단으로나 돌아가 가보시오! 방금 우리 아이가 전하는 말이, 쾌활림의 총단이 무림맹의 공격을 받아서 괴멸했다고 하오!"

"아니, 그게 무슨……?"

사도진악은 한 방 맞은 표정으로 굳어졌다.

맑은 하늘에 날벼락도 유분수지, 대체 이게 무슨 말도 안 되는 허무맹랑한 소리란 말인가?

"대체 그게 무슨 말입니까, 단주님!"

혁련보는 더 이상 사도진악을 상대하지 않았다.

그는 더 없이 황당해하는 사도진악을 외면하며 매몰차게 돌아서고는 혼자서 툴툴거리며 서둘러 장내를 빠져나갔다.

"에이, 쓸 만한 사람인 줄 알았더니만……! 이거 쓸데없이 시간만 허비하지 않았나!"

사도진악은 너무 황당하고 어처구니가 없어서 그런 혁련보를 잡을 생각조차 하지 못했다.

대체 이게 꿈인지 생시인지 몰라서 자신의 볼을 꼬집어 보고 싶은 심정을 억누르고 있을 뿐이었다.

"대체 그게 무슨 말도 안 되는……?"

정말 말도 안 되는 일이었다.

무림맹이 아니라 무림맹 할아버지가 공격했어도 쾌활림이 무너질 일은 절대 없었다.

그때 시종일관 침묵한 채 그들의 대화를 듣고 있던 반노노가 그의 어깨를 툭 치며 잠시 기다리라는 시늉을 하고는 서둘러 혁련보의 뒤를 따라서 밖으로 나갔다.

사도진악은 그러거나 말거나 그저 넋이 나가 있었다.

그렇게 얼마의 시간이 흘렀을까?

혁련보의 뒤를 따라서 밖으로 나갔던 반노노가 돌아와서 망연자실하고 있는 사도진악을 일깨웠다.

"사실인가 보오. 무림맹의 공격으로 쾌활림의 총단이 무너졌다는 보고요."

"그럴 리가 없소!"

사도진악은 강하게 부정하고 또 부정했다.

"쾌활림의 총단은 고작 무림맹의 공격에 무너질 정도로 허술하지 않소이다! 쾌활림의 총단에는……!"

사도진악은 무심결에 역천강시와 사혼강시의 존재와 수를 발설하려다가 일순 깨달으며 함구했다.

역천강시와 사혼강시의 숫자는 그간 반노노에게조차 말해주지 않은 극비였던 것이다.

애써 속내를 억누른 그는 어느 정도 이성을 되찾으며 다시 말했다.

"아무튼, 잘못된 정보가 분명하오!"

반노노가 그간 서로간의 친밀했던 교류가 무색하기 짝이 없게도 시큰둥한 태도로 대꾸했다.

"그거야 사도 림주가 돌아가서 확인해 보면 될 일이고, 아무려나……."

말꼬리를 흐린 그는 어깨를 으쓱하며 자신의 본론을 꺼냈다.

"이것으로 우리의 계획도 없던 것으로 되었소. 그 이유는 말 안 해도 잘 알리라 믿소. 애초에 우리가……."

어디 알다 뿐인가.

그와 마교와의 관계도 그렇지만, 반노노와의 관계 역시 서로의 필요성에 의해 맺어진 관계였다.

그리고 그 관계는 힘이 없으면 하등 쓸데없는 무용지물이었다.

"내 직접 가서 확인해 보겠소!"

사도진악은 미처 반노노의 말이 끝나기도 전에 이러고 있을 때가 아니라는 생각이 들어서 다급히 돌아섰다.

이전이었다면 절대 있을 수 없는 일이었으나, 지금 그는 그런 것을 따질 계제가 아니었다.

반노노도 상황이 상황인지라 그의 태도를 이해하는 모양이었다. 다만 그는 허겁지겁 돌아서는 그의 등에다가 대고 하던 말을 마저 끝냈다.

"풍잔의 주인이라는 설무백이오."

사도진악은 본의 아니게 흠칫 놀라며 발걸음을 멈추며 반노노를 돌아보았다.

이유는 모르겠으나, 설무백이라는 이름은 어떤 상황에서도 항상 이런 식으로 그를 자극했다.

반노노가 그런 그의 시선을 마주하며 부연해 주었다..

"아까 혁련 단주가 말하려던 그자 말이오, 천마공자만이 쓸 수 있는 무공을 쓴다는……."

"그게 확실하오?"

사도진악은 이번에도 성마르게 말을 끊으며 묻고 있었다.

오늘 그는 여러모로 감정의 통제가 안 되고 있었다.

반노노는 어디까지나 남의 일인 것처럼 대꾸했다.

"그야 나도 모르지요. 전적으로 혁련 단주의 정보통에서 나온 얘기니까. 그리고 소위 말하는 옛정을 생각해서 하나만 더 도와드리리다."

말이 끝나기 무섭게 그의 손이 어둡게 그늘진 대청의 구석을 가리켰고, 그 손에서 쏘아진 음유한 기운이 그늘 속을 파고들었다.

순간, 억눌린 신음이 터졌다.

"윽!"

반노노가 거듭 손을 뻗어 내려다가 그만두며 이맛살을 찌푸렸다.

"제법 단단한 몸뚱이를 가진 놈이군. 은신법만큼이나 도망치는 재간도 제법 탁월하고."

사도진악은 새삼 머리를 한 방 맞은 듯한 표정으로 굳어졌다.

내내 멍청하게 서서 충격만 받고 있으니, 실로 바보가 된 기분이었으나, 어쩔 수 없었다.

이번에도 정말 예상하지 못한 일이었기 때문이다.

반노노가 그런 그의 속내를 아는지 모르는지 의미심장한 미소를 흘리며 다시 말했다.

"본인을 만날 때는 늘 네 명의 호위만 대동했지 않소. 사대수라라고 하는 애들 말이오. 그간 내색은 안 했어도 이해는 하고 있었소. 우리가 아직 그렇게나 서로를 믿고 의지하는 사이는 아니니 말이오. 한데……."

그는 앞서 자신의 공격을 받은 암중인이 은신해 있던 천장의 구석을 기분 나쁘다는 듯 쳐다보며 말을 이었다.

"오늘은 넷이 아니라 다섯이고, 한 놈의 기색이 매우 수상쩍어서 의아하던 참이었소. 다른 애들과 달리 쾌활림의 총단이 무림맹의 공격을 받고 무너졌다는 말을 듣고 매우 놀라더이다. 그런데 발각되자 저리 앞뒤 안 가리고 도망치는 것을 보니, 역시나 꼬리가 붙은 거였구려."

말을 하면서 사뭇 더욱 차가워진 그는 매정하게 돌아서며 비수와도 같은 일침을 가했다.

"혁련 단주의 말마따나 집안 단속이나 제대로 하시구려! 뭐 이제 단속할 집안이 남아 있기나 하는지는 모르겠지만!"

사도진악은 이제야말로 등골이 시릴 정도로 오싹해진 기분 속에서도 더 할 수 없는 분노가 일어나서 빠드득 소리가 나도록 이를 갈아붙였다.

반노노의 충고 아닌 충고 때문이 아니었다.

방금 반노노의 일격을 맞은 불청객이 허겁지겁 도주하느라 그가 아는 신법을 사용했던 것이다.

"흑표 이놈!"

몽고의 발호 십오 일째 날 새벽

"젠장! 빌어먹을……!"

예기치 않은 상황에서 예기치 않은 반노노의 일격을 맞고 사력을 다해서 이면소죽을 빠져나온 흑표는 실로 오만가지 욕설을 퍼부으며 달리고 있었다.

반노노에게 당한 옆구리의 상처에서 흘러나온 핏물이 다리까지 축축히 적시고 있었으나, 아무런 고통도 느껴지지 않았다.

너무나도 과도한 정신적인 충격 앞에서 육체의 고통 따위는 아무것도 아닌 것이다.

대체 이게 무슨 상황이란 말인가!

세상에 이런 개 같은 상황이 어디에 있단 말인가!

하필이면 이때, 그가 오랜 고심 끝에 결단을 내리고 움직인이 순간에 난데없이 왜 무림맹이 쾌활림을 공격했단 말인가!

'하물며 괴멸이라니?'

쾌활림의 총단에는 강호무림의 특급고수에 해당하는 역천강시가 백여 구나 있었고, 초특급고수에 해당하는 사혼강시도 여덟 구나 있었다.

무림맹이 아니라 무림맹 할아버지가 쳐들어와도 절대로 괴멸당할 일이 없는 것이다.

'설마 독심광의 그 늙은이가 나를 배신한 건가?'

이유야 어쨌든 이제 그의 계획은 수포로 돌아갔다.

독심광의 구양보가 배신한 것이든, 무림맹이 예상 밖의 막강한 전력을 가지고 있어서든지 간에 진짜로 쾌활림의 총단이 괴멸당했다면 그는 이제 실로 이군고안(離群孤雁), 무리에서 떨어진 기러기와 다를 바 없는 신세였다.

사부인 사도진악을 젖히고 쾌활림을 이끌며 마교총단과 새로운 협상을 하겠다는 그의 희망이 그야말로 일장춘몽(一場春夢)으로 변해 버렸다.

힘이 없는 자는 친구는 물론, 동료도 없고, 끝내 도태되고 마는 것이 그가 사는 세상이었다.

적어도 그는 자신이 사는 강호무림을 그렇게 이해하며 살아가고 있었다.

'이거야말로 닭 쫓던 개 지붕 쳐다보는 격이네, 제기랄……!'

그러나 아직 끝나지 않았다.

천회천의
주인

그에게는 아직 충분히 재기할 수 있는 여력이 남아 있었다.

'일단 잠적해서 당분간 추의를 지켜보기로 하자!'

가까스로 마음을 다잡은 흑표는 그제야 냉정을 되찾으며 옆구리에 난 상처를 지혈했다.

구멍이 나고 상당한 피가 흘러나왔으나, 다행히도 내장을 다치지는 않았다.

막거나 피할 사이도 없이 당한 불의의 공격이었음에도 불구하고 위기의 순간에 절로 발동한 지옥수라마수공의 호신강기 덕분이었다.

그것이 의기소침한 그의 기분을 적잖게 보상해 주었다.

'우선 애들과 합류하자.'

흑표는 상처를 지혈하면서도 달리는 속도를 줄이지 않았다. 아니, 오히려 속도를 더 내서 중경을 벗어났고, 이내 호북성의 서부 끝자락이자, 쾌활림의 총단으로 가는 길목에 자리한 야산의 치맛자락으로 진입해서 관도와 조금 떨어진 기슭에 있는 집으로 들어섰다.

집은 집이지만 무너진 폐가였다.

그것도 묘당(廟堂)의 폐가였다.

한때는 꽤나 번창한 묘당인 듯 터는 넓었으나, 지금은 담장이고 건물이고 거의 다 무너져서 형체만 남아 있는데, 와중에 중앙의 본전(本殿)은 제법 지붕도 있고 담벼락도 남은 채로 형체를 유지하고 있었다.

그는 쾌활림으로 돌아가는 사도진악을 암살하기 위해서 바로 그곳에 수하들을 대기시켜 놓았던 것이다.

죽립을 깊게 눌러쓴 여덟 명의 사내들이었다.

수하라지만 그가 안으로 들어섰음에도 그들은 인사는커녕 알은척도 하지 않고 있었다.

그러나 흑표는 상관하지 않았다.

그저 그들이 여전히 거기 있다는 사실만으로 그는 행복했다.

그들은 그의 수하지만 이성을 가진 사람은 아니기 때문에, 하지만 그의 명령이라면 지금 당장이라도 스스로의 머리를 박살 내서 자결할 수 있는 존재들이기 때문에 그랬다.

그간 그가 사부 사도진악 몰래, 아니, 쾌활림의 그 누구도 몰래 빼돌린 여덟 구의 사혼강시가 바로 그들이었다.

"젠장, 모든 게 완벽하다고 생각했는데……!"

흑표는 어스름 초저녁의 어스름에 잠긴 묘당의 폐가에서 그 자신이 떠날 때의 모습 그대로 서서 기다리고 있는 사혼강시들을 둘러보며 새삼 가슴을 치며 아쉬워했다.

대체 어디서 잘못된 것인지는 모르겠으나, 손만 뻗으면 잡을 수 있다고 생각한 꿈이 졸지에 수포로 돌아가 버린 것이다.

"아무튼, 사부를 암살하려던 계획은 일단 보류다. 당분간 쥐 죽은 듯이 지내야 할 테니, 다들 단단히 각오해라."

흑표는 절대 대답이 돌아올 리 없는 공허한 말임을 알면서도 그렇게 혼자서 주절거리며 스스로의 의지를 다졌다.

그런데 그때였다.

절대 돌아올 리 없는 대답이 돌아왔다.

"혹시나 했더니만, 역시나 그런 거였군. 자기를 먹여 주고 재워 주고 키워 준 사부를 암살하려던 거였어. 너 정말 살모사같이 지독한 놈이구나?"

만에 하나 백만에 하나라도 사혼강시들의 입에서 나올 수 없는 낭랑한 여인의 목소리였다.

흑표는 실로 화들짝 놀라며 고개를 돌렸다.

온전한 지붕 아래를 횡으로 가로지른 대들보 위였다.

낯익은 여인 하나가 다리를 꼬고 앉아서 그를 내려다보고 있었다.

"비접 네가 어떻게 여길……?"

그랬다.

대들보의 여인은 바로 비접 부약운이었다.

그러나 그녀만이 아니었다.

흑표가 그녀를 바라보는 순간에 또 다시 뒤쪽에서 다른 사람의 목소리가 들려왔다.

"피 냄새 맡는 건 우리가 아주 개코거든. 너는 못 찾아도 이놈들은 세상 어디에 있든지 얼마든지 찾아낼 수 있지. 큭큭……!"

흑표는 이번에도 역시 기겁하며 돌아보았다.

본전의 기울어진 입구였다.

피처럼 붉은 적의를 포대처럼 허름하게 걸친 중년사내 하나가 그를 쳐다보며 빙그레 웃고 있었다.

그가 재우쳐 말했다.

"그런데 너는 혹시 천사교주가 왜 하필이면 그 많고 많은 마교의 적수들 중에서 가장 소수인 혈가를 공격했는지 아냐?"

"누구냐, 너는?"

곧바로 대답이 돌아왔다.

칼칼한 목소리인 그 대답이 들려온 방향은 다시금 그의 뒤쪽이었다.

"질문을 받았으면 대답부터 해야지? 질문을 질문으로 받는 건 아주 좋지 않은 버릇이다 너?"

흑표는 재빨리 측면의 벽에 붙었다.

본능적으로 앞뒤에 적을 두는 것을 피한 것이다.

그러면서 그가 확인한 상대는 앞선 사내에 비해 마르긴 했으나, 마찬가지로 피처럼 붉은 적의를 포대처럼 걸친 중년의 사내였다.

그는 그제야 깨달았다.

"혈가인가?"

처음의 사내가 끌끌 혀를 찼다.

"또 질문을 질문으로 받다니, 정말 예의가 없는 잡종이네."

나중의 사내가 끌끌 혀를 차며 처음의 사내에게 눈총을 주었다.

"너는 보면 모르겠냐? 몰라서 저러는 거잖아."

처음의 사내가 나중의 사내에게 면박을 주었다.

"사형에게 네가 뭐냐, 네가!"

나중의 사내가 코웃음을 쳤다.

"쳇! 고작 하루 반나절 앞선 주제에 사형은 무슨……!"

처음의 사내가 으르렁거렸다.

"하루 반나절이 적냐? 하루살이는 한 번 죽고 다시 태어나서 일생의 반을 사는 세월이 하루 반나절이야!"

"에구, 대단한 시간이어라. 그래서 그 엄청난 시간을 고작 사부 발 닦을 물이나 떠다 주며 허비한 거구나."

"너 지금 사부 발 닦을 물 떠다주는 거 폄하한 거지? 사부에게 이른다, 너?"

"저 고자질쟁이!"

"사부에 대한 충정을 고자질쟁이로 비하하다니, 그것도 이르고 말 테다."

"너 정말 자꾸 이럴래?"

"내가 뭘 자꾸 뭘 어쨌는데?"

"저기요?"

당장이라도 주먹다짐할 것 같은 두 사람의 언쟁 사이로 대들보에 앉아 있던 부약운이 끼어들며 자못 매몰차게 경고했다.

"자꾸 이러시면 나야말로 지금 이 자리에서 본 두 분의 행동을 혈 노야에게 고자질하는 수밖에 없습니다."

"험!"

"험!"

언쟁을 벌이던 두 사내가 저마다 헛기침을 하며 서로를 외면했다. 그 모습을 지켜보던 흑표가 실로 기가 차다는 표정으로 웃으며 말했다.

"머리 좋기로 소문난 비접 부약운이 이런 실수를 다 하네? 많고 많은 그 가신들은 다 어디다 두고, 그래 고작 저런 머저리들을 데리고 나를 잡으러 온 거냐 지금?"

아닌 밤중에 홍두깨처럼 불쑥 부약운이 모습을 드러낼 때만 해도, 그리고 연이어 적포사내들이 나타날 때만해도, 그는 상당히 놀랐으며 더 없이 긴장하고 있었다.

그러나 지금은 전혀 그렇지가 않았다.

아무리 전신의 감각을 북돋아서 살펴봐도 주변에는 부약운과 저 두 명의 머저리밖에 없었다.

더는 놀랄 이유도, 긴장할 이유도 없는 것이다.

지금의 그에겐 드러내지 않은 그 자신의 마공은 둘째 치고, 여덟 구나 되는 사혼강시가 있기 때문이다.

"그렇다고 하네요."

대들보의 부약운이 두 명의 적포사내를 향해 말했다.

"어떻게 생각하세요들?"

처음의 적포사내, 혈뇌사야의 첫째 제자인 혈검사영이 비웃고 있는 흑표를 향해 말했다.

"모르는 것 같으니까 말해 주지. 천사교주가 그 많은 마교의 세력들 중에서 굳이 우리 혈가를 먼저 적대하며 공격한 것은 바로 우리 혈가의 피는 그가 그리도 아끼고 자랑하는 강시들을 제어할 수 있기 때문이란다, 얘야. 큭큭……!"

"……!"

흑표는 대번에 안색이 변했다.

나중의 적포사내가, 혈뇌사야의 둘째 제자인 혈검우사가 혈검사영를 따라 웃으며 말했다.

"큭큭, 쟤가 이제야 좀 생각이 바뀌는 모양이네. 큭큭……!"

흑표는 반신반의하면서도 악을 써서 부정했다.

"헛소리 집어치워라! 그런 말도 안 되는 얘기를 내가 믿을까 보냐!"

대들보의 부약운이 불쑥 물었다.

"그럼 내가 쾌활림의 총단을 무너트리는 자리까지 마다하고 왜 지금 여기 이 자리에 나타났을까?"

"……!"

흑표는 말문이 막혔다.

부약운이 일순 표독스러운 눈빛으로 돌변해서 그를 쏘아보며 말했다.

"쾌활림이 무너지거나 말거나 너만큼은 용서가 안 돼서 그래! 지난날 내가 그 흐리멍덩해진 상황 속에서도 이거 하나만큼은 똑똑히 기억하고 있거든. 나를 저것들처럼 만들려고 약을 먹인 게 너라는 것을!"

그녀는 빠드득 소리가 나도록 이를 갈며 말을 덧붙였다.

"그리고 또 그랬지! 내 알몸을 보고 침을 흘리며 쓰다듬었어! 그 추잡하고 더러운 손으로!"

흑표는 더는 망설이지 않고 지체 없이 소리쳤다.

"저 연놈들을 죽여라!"

죽립을 쓴 사내들, 여덟 구의 사혼강시가 그의 명령이 떨어지기 무섭게 무심함을 넘어서는 무감동한 눈빛, 감정이라곤 눈곱만큼도 찾아볼 수 없을 정도로 차갑게 식은 잿빛 눈동자를 굴려서 대들보에 앉아 있는 부약운을 비롯해서 좌우측에 서 있는 혈검사영과 혈검우사를 훑어보았다. 그리고 그대로 가만히 서 있었다.

"뭐들 하는 거야! 당장에 저 연놈들의 목을 비틀어 죽이란 말이다!"

흑표는 당황한 마음에 거듭 악을 썼으나, 사혼강시들은 그야말로 요지부동이었다.

그저 감정 없는 눈동자만 이리저리 굴릴 뿐, 꼼짝도 하지 않고 있었다.

"큭큭큭……!"

혈검사영이 예의 음침한 기소를 흘리며 말했다.

"정말 안 믿었나 보네."

혈검우사가 맞장구를 쳤다.

"아, 글쎄 뭘 모르는 놈이라니까."

흑표는 경악과 불신에 이어 분노했다.

그의 얼굴에 푸른빛이 감돌기 시작했다.

주체할 수 없는 심중의 분노가 용암처럼 비등하는 것이다.

때를 같이해서 그의 눈빛이 검붉게 달아오르고, 전신이 흡사 풀빵처럼 부풀어 오르며 걸치고 있던 의복이 쩍쩍 찢겨져나 갔다.

지옥수라마수공을 끌어 올려서 육체의 변태가 시작된 것이다.

부약운이 놀라서 벌떡 일어났다.

혈검사영과 혈검우사가 누가 먼저랄 것도 없이 동시에 입을 딱 벌리며 이구동성으로 말했다.

"이건 또 몰랐네!"

두 눈이 시뻘건 광망을 뿜어내며, 전신의 근육이 부글부글 부풀어 오르더니, 이내 육 척의 신장이 순식간에 십 척으로 자라났다.

신장만 자라난 것이 아니라 덩치도 더불어 커졌다.

흡사 거대한 성성이처럼, 아니, 더 나아가서 사람과 성성이의 맺음으로 태어난 것 같은 거대한 야수처럼 보였다.

거기에 검붉은 광기로 불타오르는 두 눈과 전신을 감싸고 아지랑이처럼 이글거리는 새카만 마기가 더해지자, 그야말로 지옥의 마왕이 현신한 것 같은 모습이었다.

이른바 마교 최고의 외문기공이라는 지옥수라마공이었다.

"대체 이놈이 어떻게 마공칠서의 마공을 익힌 거야?"

마경칠서는 과거 천마대제가 천마의 십대절기와 버금가는 마공을 추려 놓았다는 전설의 마도서였다.

지옥수라마공은 바로 그 마경칠서에 등재된 몇 안 되는 최강의 마공 중 하나인 것이다.

"지금 그게 문제야?"

혈검사영이 당황해하며 말하자, 혈검우사가 면박을 주며 소리쳤다.

"이제 어떻게 할 건지나 빨리 결정해!"

야수로 변한 흑표가 광폭하게 두 손을 휘두르며 혈검우사를 덮치고 있었다.

어지간한 칼날보다 더 길고 날카로운 그의 손톱이 섬뜩하고 흉악하게 공간을 갈랐다.

거기에 걸려든다면 혈검우사는 천 갈래 만 갈래로 찢겨져 버릴 듯했는데, 다행히 그런 일은 벌어지지 않았다.

혈검우사가 고함을 지르면서도 고도의 신법을 발휘했다.

그의 신형이 붉은 안개처럼 흩어지며 측면으로 이동했다.

쐐애액—!

흑표의 손톱이 그가 떠난 공간을 찢어발겼다.

그사이, 혈검사영이 흑표의 뒷등을 향해 일장을 날리며 외쳤다.

"그걸 왜 나보고 결정하라는 거야!"

야수로 변한 흑표는 막대한 기력이 담긴 혈검사영의 일장을 정통으로 맞고도 아무렇지도 않게 돌아서서 혈검사영을 노려보았다.

"크르르르……!"

자리를 바꾼 혈검우사가 돌아선 흑표의 등을 향해 다시금 일장을 날리며 소리쳤다.

"네가 사형이잖아!"

펑-!

야수로 변한 흑표의 등판에 요란한 폭음이 작렬했다.

하지만 이번에도 그는 아무런 타격을 받지 않은 듯 그대로 혈검사영을 덮쳐 갔다.

"이럴 때만 사형이냐?"

말보다 빨리 혈검사영의 신형이 붉은 안개로 흩어졌다. 그리고 앞선 혈검우사와 마찬가지로 멀찍이 측면에서 모습을 드러내며 재우쳐 물었다.

"우리가 잡을 수 있을까?"

혈검우사가 부정적으로 대꾸했다.

"그야 모르지. 근데, 지옥수라마수공은 조문이 없다고 하지 않았나?"

혈검사영이 그 자신의 모습처럼 붉은 낭아도를 뽑아 들며 대꾸했다.

"이성을 잃은 데다가 움직이는 속도도 느린 것을 보면 경지가 그다지 높진 않은 것 같다. 한번 해 보자!"

"크아아아아……!"

흑표가 거듭되는 헛손질에 분노한 듯 크게 포효하며 자신의 가슴을 요란하게 두드렸다.

혈검우사가 그사이 그의 측면으로 돌아가서 혈검사영과 마찬가지로 붉은 낭아도를 뽑아 들며 대답했다.

"그럴까 그럼? 기공술도 못 쓰는 것을 보니, 확실히 경지가 높지 않은 것 같은데, 어디 한번 해 볼까?"

대들보에 서 있던 부약운이 야수로 변한 흑표를 앞뒤로 감싼 그들의 태도를 보며 다급히 소리쳤다.

"괜한 짓 말고 어서 동편기슭으로 유인해요! 거기 우리 흑선궁의 정예들을 대기하고 있잖아요!"

혈검사영이 자못 사납게 대꾸했다.

"당신이야 말로 괜한 짓마쇼! 그랬다간 정예라는 당신네 식구들 다 걸레짝이 될 테니까!"

부약운이 대번에 자존심이 상한 표정으로 대꾸하려다가 그만두었다.

분노의 포효를 발한 흑표가 혈검사영을 공격하고 있었다.

이번의 혈검사영은 피하지 않고 수중의 낭아도를 크게 휘둘러서 쇄도하는 흑표의 손을, 정확히는 다섯 개의 칼날 같은 손톱을 마주쳤다.

깡―!

거친 금속성이 터지며 불꽃이 뛰었다. 그리고 혈검사영의 신형이 뒤로 주룩 밀려 나갔다.

"크으……! 이놈 이거 보통이 아니잖아!"

"보통이 아니긴……!"

혈검우사가 그 순간에 쇄도해서 흑표의 등을 수직으로 갈랐다. 아니, 가르려 했지만, 그렇게 되지 않았다.

카가가가각-!

흑표의 등에서 흡사 쇠꼬챙이로 강철판을 긁은 듯한 소음이 터지며 불꽃이 뛰었다.

흑표의 등에는 긁힌 자국 하나 없었다.

그는 그저 뭐가 이리 간지러우냐는 듯한 표정으로 고개를 돌려서 물러나는 혈검우사를 쳐다보고 있었다.

혈검우사가 혀를 내둘렀다.

"정말 보통이 아니네, 이놈, 이거!"

"내 말 따라 하지 마!"

혈검사영이 지체 없이 다시 쇄도해서 고개를 돌린 흑표의 목을 노렸다.

칼끝이 닿기도 전에 먼저 도착한 기세가 먼저 흑표의 목을 긁고 뒤를 이어 도착한 칼날이 목을 쳤다.

그러나 마찬가지였다.

캉-!

거친 금속성이 터지며 불똥이 뛰었다.

그게 다였다.

흑표는 아무렇지도 않게 다시 고개를 돌려서 다급히 물러나는 혈검사영을 노려보며 포효했다.

"크아아아……!"

그리고 대뜸 포효를 그치며 쌍장을 뻗어 냈다.

더 없이 강맹한 기운이 그의 손을 떠나서 혈감사영을 덮쳤다.

혈검우사가 눈이 커져서 소리쳤다.

"장풍을 쏜다! 저놈 저거 하바리가 아냐! 지옥수라마수공의 경지가 이미 칠성을 넘어선 거야! 맞지?"

혈검사영은 대답할 여유가 없었다.

그는 전력을 다한 신법으로 자리를 이동해서 간신히 흑표가 날린 장력을 피했다.

꽝ㅡ!

폭음이 터지며 벽이 무너졌다. 아니, 그냥 무너진 것이 아니라 산산조각 나서 흩어졌다.

간발의 차이로 피한 혈검사영이 그걸 확인하고 나서야 대답했다.

"그래 칠 성의 경지다, 이건! 아무래도 장난칠 때가 아닌 것 같다! 정말 조심해야겠다!"

"크아아아……!"

흑표가 그 순간에 거듭 포효했다.

그리고 이내 거짓말처럼 눈부신 속도로 움직여서 혈검사영의 뒤를 이어 공격하려고 나서던 혈검우사를 공격했다.

"헉!"

혈검우사가 헛바람을 삼키며 다급히 붉은 안개로 흩어졌다.

간발의 차이로 도착한 흑표의 칼날 같은 손톱이 허공을 찢어 발겼다.

멀찍이 뒤쪽에서 모습을 드러낸 혈검우사가 불신과 경악으로 커진 두 눈동자를 뒤룩거리며 말했다.

"아무래도 장난칠 때가 아닌 게 아니라 우리로는 어렵겠다! 기공술에 이어 신법까지 구사한다는 건 이미 지옥수라마수공이 팔 성의 경지를 넘어섰다는 거잖아!"

혈검사영이 마찬가지로 크게 놀란 표정으로 동의했다.

"그래 우리로선 힘들겠다! 사부님이 와야겠는 걸?"

"크아아아아……!"

흑표가 미친 듯이 자심의 가슴을 두드리며 포효했다.

연이은 헛손질에 분노가 극에 달한 모습이었다.

혈검사영이 그 모습을 지켜보며 소리쳤다.

"우선 당신부터 피해요! 어서!"

부약운에게 하는 말이었다.

부약운이 바로 자리를 떠나지 않고 아쉬워했다.

"이놈을 놓아주자고요?"

혈검사영이 다급히 측면으로 미끄러지며 악을 썼다.

흑표가 어느새 흉악한 손톱을 휘두르며 그를 노렸던 것이다.

"이놈을 놓아주자는 게 아니라 우리가 살자는 겁니다! 지옥수라마수공이 팔 성에 달했다면 이 상태로 두 시진은 유지합니다! 그때까지 우리가 버틸 수 있을 것 같습니까?"

흑표가 이번에는 거짓말처럼 빠르게 혈검사영의 움직임을 따라갔다.

전면으로 공격한 것은 허초, 바로 속임수였고, 진짜는 그가 이동하려는 방향을 노렸던 것이다.

"익!"

혈검사영이 반사적으로 칼을 쳐들었다.

간발의 차이로 그의 탈이 흑표의 손톱을 막았다.

깡-!

거친 쇳소리가 터졌다.

격돌의 여파로 일어난 기세와 조각난 검기가 벽을 밀어서 쓰러트리고, 지붕을 날려 버렸다.

와중에 혈검사영은 사정없이 뒤로 튕겨지다가 겨우 신형을 바로잡았다. 그리고 울컥 한 모금의 선혈을 토해 냈다.

상당한 내상을 입은 것이다.

"……!"

부약운이 그제야 두 말없이 신형을 날렸다.

쾌속하게 솟구친 그녀의 신형이 무너진 지붕 사이로 드러난 밤하늘로 빠르게 사라지고 있었다.

때를 같이해서 어느새 흑표의 측면으로 다가선 혈검우사가 시퍼런 도기에 휩싸인 낭아도를 휘둘렀다.

혈검사영을 도우려는 공격이었다.

흑표가 격돌의 여파를 아무렇지도 않게 버티며 거듭해서 혈검사영을 공격하려 했던 것이다.

까각—!

혈검우사의 낭아도가 연이어 흑표의 뒷등을 긁으며 불꽃을 일으켰다.

아무렇지도 않게 돌아선 흑표가 손을 내밀어서 그런 그의 낭아도를 움켜잡고 짐승의 이빨을 드러냈다.

"크르르르……!"

혈검사영이 다급히 소리쳤다.

"칼을 놓고 물러나!"

혈검우사는 그의 말을 듣지 않았다.

칼을 놓고 물러나는 대신 흑표가 칼을 당기는 힘을 역이용해서 사각으로 파고들며 흑표의 가슴에 강렬한 일장을 박아 넣었다.

꽝—!

단단히 조여진 가죽 북이 터져 나가는 듯한 굉음이 터졌다.

벽력음과도 같은 그 폭음과 동시에 거대한 몸집의 흑표가 처음으로 비틀거리며 뒤로 물러났다.

그러나 그 성과로 인해 혈검우사가 당한 피해는 실로 막대했다.

싸우던 적에게 낭아도를 빼앗겼다는 수치는 둘째 치고, 흑표의 가슴에 일장을 박아 넣은 그의 손목은 비정상적으로 꺾여져서 허연 뼈를 드러내고 있었다.

혈가 최고의 비기인 사망혈사공으로 인해 한철보다도 더 강하게 단련된 그의 손이 지옥수라마수공의 육신을 뚫지 못하고 오히려 부러져 나간 것이다.

"크으……!"

혈검우사가 신음을 흘리며 물러났다.

혈검사영이 사태를 파악하고는 버럭 화를 냈다.

"너 이놈! 사망혈사공이 팔 성에 올랐다고 하더니만, 사부님과 나를 속인 거구나!"

혈검우사가 오만상을 찡그리며 맞받아쳤다.

"지금 그게 문제야!"

사실이었다.

지금 그게 문제가 아니었다.

이유야 어쨌든 혈검우사의 일격에 비틀거리며 물러났던 흑표가 거친 포효로 분노를 드러내며 거대한 덩칫와 어울리지 않는 기민한 속도로 혈검우사를 따라붙고 있었다.

"이런 젠장……!"

혈검사영이 지체 없이 신형을 날려서 흑표의 뒷등을 칼로 긋고, 발길로 연거푸 걷어찼다.

카각! 타다다닥—!

쇠가 긁히는 소음과 모래주머니를 두드리는 듯한 타격음이
연달아졌다.

흑표가 충격을 받은 듯 앞으로 고꾸라졌다.

그러나 잠시였다.

"크아아아아……!"

반사적으로 일어난 흑표가 예의 미친 듯한 괴성을 내지르며
혈검사영을 향해 돌격해 왔다.

혈검사영의 신형이 흐릿하게 변하며 붉은 안개로 흩어졌다.
그리고 거의 동시에 뒤로 물러나고 있던 혈검우사의 곁에 나타
나서 부축했다.

"일단 자리를 뜨자!"

혈검우사가 끝까지 말꼬리를 잡았다.

"도망치는 게 아니고?"

혈검사영이 와중에도 눈을 부라리며 으르렁거렸다.

"한마디만 더하면 버리고 간다?"

혈검우사가 그제야 함구하며 딴청을 부렸다.

혈검사영이 그런 그의 어깨를 잡아채며 지붕이 무너져서 밤
하늘이 내다보이는 허공으로 비상했다.

"크아아아아……!"

거대한 흑표가 재빨리 그들의 뒤를 따라붙었다가 간발의 차
이로 놓치자, 분노의 괴성을 내지르며 두 팔을 마구 휘둘렀다.

그의 손에서 일어난 강기가 폭풍처럼 휘몰아쳤다.

벽의 일각이 무너져 힘겹게 버티고 있던 지붕의 일부와 나머지 벽이 끝내 견디지 못하고 완전히 박살 나며 무너져 내렸다.

그사이 밤하늘로 치솟아 오른 혈검사영과 혈검우사의 신형은 저 멀리 어둠 속으로 사라지고 있었다.

"크아아아아……!"

제풀에 지친 흑표의 괴성이 밤하늘에 메아리쳤다.

이성을 잃은 그는 그야말로 미친 듯이 주변의 벽과 건물을 마구잡이로 부숴 버리며 발광하고 있었다.

⚜

도부산을 벗어나는 마교총단의 단주 홍인마수 혁련보는 유람나선 풍류 공자처럼 느긋하게 걸으며 휘파람을 불고 있었다.

아무리 봐도 사도진악을 구박하며 이면소축을 나설 때와는 전혀 다르게 기분 나쁜 표정이 아니었다.

사도진악과 무상인 유명노조 반노노의 면전에서 보여 준 그의 태도는 의도적인 가식이자, 고도의 기만술이었던 것이다.

다만 모습을 드러내지 않은 상태로 암중에서 동행하는 측근이자 호위인, 마운귀자(魔雲鬼子) 구겸(具兼)은 내내 그의 태도를 이해하지 못하고 있었던 것 같았다.

도부산의 치맛자락을 벗어나기 무섭게 넌지시 물었다.

"저기, 이유가 뭡니까?"

혁련보는 대번에 예리하게 구겸의 의혹을 짐작했다.

"내가 누구 앞에서는 벌컥 화를 내고, 지금은 이렇게 미친놈처럼 헤실헤실 웃고 있는 이유가 궁금해?"

구겸이 바로 인정했다.

"예. 저로서는 도통 이유를 모르겠습니다."

"몰라도 되지만, 알아도 상관없으니 말해 주지."

혁련보는 입가에는 미소를 지은 채 미간은 찌푸리는 오묘한 표정으로 재우쳐 말했다.

"이유는 간단해. 내가 이인자로 살아야 하는 인생이고, 또 거기에 만족하는 사람이라서 그런 거야."

전혀 간단하지 않았다.

구겸은 더더욱 모를 소리라는 듯이 앓는 소리를 했다.

"지금 제가 무식하다고 놀리시는 거죠? 그렇게 말하면 제가 대체 어떻게 알아들어 먹겠습니까?"

자칫 불경스럽게 들릴 수도 있는 말이었으나, 다행히 선을 넘지는 않은 것 같았다.

사실은 구겸이 그 선을 알고 말한 것이었다.

그는 혁련보가 이런 식의 대화를, 즉 자신만 알고 타인은 전혀 모르는 얘기를 즐기는 사람이라는 것을 익히 잘 알고 있는 것이다.

"무식한 게 아니라 눈치가 없는 거다. 하지만 이래서 내가 너를 데리고 다닐 맛이 나기도 하지. 멍청하진 않지만 적당히 어리석고 적당히 눈치가 없어서 가르칠 맛이 나거든."

사실은 가르칠 맛이 아니라 잘난 척 하는 맛이 나는 거라는 생각이 짙었지만, 구겸은 내색하지 않고 혁련보가 말하는 것처럼 적당히 어리석고 적당히 눈치가 없는 사람처럼 되물었다.

"칭찬이죠?"

"그래, 칭찬으로 받아들여라."

과연 혁련보는 기꺼운 표정을 지으면서 한 수 가르쳐 준다는 식으로 거만하게 다시 말했다.

"설명해 줄 테니 잘 들어라."

"예, 경청하지요."

"작금의 세상은 춘추전국시대와 다름없다. 얼핏 보면 우리 마교가 득세하고 있는 것처럼 보이고, 조만간 중원무림을 통째로 먹을 것 같지만, 사실은 그렇지가 않아. 누천년 동안 중원무림을 지배해 온 애들의 힘도 정말 만만치가 않거든."

"구대문파를 말씀하시는 겁니까?"

"걔들도 무시할 수는 없지만, 지금 내가 말하는 것은 걔들이 아니라 중원무림의 밑뿌리가 되는 군소방파나 가문 등을 말하는 거다. 너는 설마 작금의 중원무림이 구대문파나 내로라하는 명문들로만 이루어져 있다고 생각하는 거냐?"

"그건 아니지만……."

"그래, 그게 아닌 거다. 엄밀히 따지면 중원무림은 그들이,

바로 지방 토호와 연결되어서 실질적으로 뒷골목을 주름잡는 군소방파와 가문들로 인해 돌아간다. 그들에게서 나오는 것이 구대문파나 무림세가로 들어가는 거니까. 뭐랄까? 구대문파나 무림세가가 자랄 수 있는 일종의 양분이랄까?"

"결국 밭이라는 소리네요, 그들이."

"그렇지. 밭이지. 명문거파나 무림세가에 비해 보잘 것 없어 보이긴 하지만, 중원무림의 토착 세력으로서 저마다 뿌리 깊은 연고를 가지고 있는 그들의 끈질긴 생명력이 강호를 돌아가게 만드는 것이니까. 그러고 보니 너 생각보다는 더 똑똑한데?"

"단주님의 지도 편달 덕분이죠."

"어라? 겸손하기까지?"

"하던 말씀 계속하시죠?"

"험험! 그래. 그러니까 나는 그런 그들의 저력을 무시할 수 없다고 말하는 거다. 보이지 않는 곳에서 활약하며 발전해 온 그들의 저력은 실로 무시하면 안 된다. 어느 명문이 흥하고 어느 거파가 천하를 장악했다고 해도 그것은 그저 겉으로 드러난 화려함이 뿐이고, 그런 것들과 무관하게 중원무림의 기저에는 그들이 잡초처럼 굳건히 자리 잡고 있으니까 말이다."

"그렇게 말씀하시니 정말 대단한 애들 같기도 하네요."

"대단한 애들 같은 게 아니라 대단한 애들인 거다. 우리가 굳이 왜 천사교라는 선발대를 중원무림에 보냈겠느냐? 그게 다 기저에서 활약하는 그들을 파악하고 포섭함으로써 향후 우리 마교총단이 중원에 진출했을 때 확고히 자리 잡을 수 있는 근거지를 확보하려는 의도였던 거다."

"아, 천사교가 선발대로 나선 이유가 그 때문이었군요."

"그래, 그 때문인 거였다. 본디 우리가 구대문파나 거대명문 등의 세력을 꺾는다는 것은 중원무림을 장악하는 일의 시작에 불과하다. 그 이후에도 오랜 시간과 정성을 투자해서 그들, 기저에서 활약하는 자들을 포섭하거나 애초에 아주 전부 다 죽여 없애고 새로운 노선을 구축하기 전까지는 진정으로 중원무림을 장악한 것이라고 말할 수 없는 거다."

"하지만 지금 천사교는……?"

"그래, 쫄딱 망했지. 그 자식이 본분을 어기며 삐딱 선을 타고, 그나마도 제대로 운영하지 못하는 바람에 고작 무림맹의 공격 하나 막지 못해서 길바닥으로 쫓겨났으니까."

"예예, 이제야 대충이나마 무슨 말씀을 하는지 알겠습니다. 그런데, 저기 단주님? 저는 왜 자꾸 단주님의 얘기가 샛길로 빠진 기분이 들죠?"

"잉?"

"애초에 가진 저의 의문은 단주께서 이인자로 살아야 하는 인생이고, 또 거기에 만족하는 사람이라는 얘기에서 나온 거잖아요? 그것과 이것이 대체 무슨 상관이 있다는 겁니까?"

"쯔쯔, 멍청하긴……! 지금 내가 그걸 설명하기 위해서 우선 우리 마교가 득세하며 중원무림을 한 입에 집어삼킬 수 있는 것

천외천의
주인

처럼 보이는 것이 순전히 겉보기만 그럴 뿐, 사실은 전혀 그렇지가 않다는 것을 설명한 거잖아!"

"아, 듣고 보니 그러네요. 단주님께서 워낙 거창한 얘기를 장황하게 하시는 바람에 그만 중도에 하시려는 말씀의 맥락을 놓쳐 버렸습니다. 죄송합니다."

"무식한 게 죄는 아니니, 죄송은 됐고, 앞으로 이런 식으로 말 끊으면 죽는다, 아주!"

"옙!"

"아무튼, 지금 우리 마교는 아직도 여전히 제대로 된 구심점을 찾지 못한 상태인데다가, 설상가상(雪上加霜)으로 중원을 장악하는 데 있어 중대한 가치를 지닌 교두보를 잃었다. 그야말로 진퇴양란(進退兩難)의 길목에 서 있는 셈이지. 흐흐흐……!"

"그야말로 최악의 상황이라는 소리로 들리는데, 어째 단주님은 전혀 기분 나빠 보이지가 않으시네요?"

"당연하지!"

혁련보가 잘라 말했다.

"이게 바로 이인자로 살아야 하는, 아니, 살고 싶은 내가 바라마지 않는 상황이니까!"

그는 기분 좋은 표정으로 구겸의 입장에서 실로 알쏭달쏭한 말을 덧붙였다.

"세상은 어지러워야 해. 그래야 내가 살맛이 나거든. 흐흐흐……!"

구겸은 묻지 않을 수 없었다.

"어째서 그렇습니까?"

굳이 묻지 않은 말도 주절주절 잘만 대답해 주던 혁련보가 이번에는 대뜸 밑도 끝도 없이 되물었다.

"너는 우리 마교의 힘이 어느 정도라고 생각하냐?"

"그렇게 물으시면 대답하기가⋯⋯!"

구겸이 갑작스러운 질문에 난감해하자, 혁련보가 웃는 낯으로 친절하게 예시를 들어 주었다.

"중원무림을 먹을 수 있을 것 같아? 없을 것 같아?"

구겸은 추호도 망설이지 않고 대답했다.

"당연히 먹고도 남죠."

혁련보가 그런 대답이 나올 줄 예견했다는 듯 의미심장한 미소를 지으며 다시 물었다.

"그런데 왜 여태 못 먹고 있지?"

"그, 그거야⋯⋯!"

구겸은 너무나도 뻔한 이유고, 대답이라 오히려 이게 맞나 싶어서 조심스럽게 대답했다.

"내부의 반목으로 인한 자중지란(自中之亂) 때문에⋯⋯ 아닌가요?"

혁련보가 그의 말을 들으며 이맛살을 찌푸리기에 급히 확신이 아니라 질문의 형식으로 대답한 것이었다.

그러나 혁련보가 이맛살을 찌푸린 이유는 대답이 틀려서가 아니라 자신 없어 하는 그의 태도 때문이었다.

"사내자식이 당연한 대답을 왜 그리 좀팽이처럼 자신 없이 해!"

구겸은 혁련보의 구박에 오히려 반색하며 대답했다.

"그야 너무나 당연한 질문을 하셔서…… 제가 모르는 뭐가 있는 것이 아닌가 했죠."

혁련보가 픽 웃으며 말했다.

"다른 게 뭐가 더 있겠냐. 네 말이 맞다. 바로 그거다. 내부의 알력, 파벌싸움, 자중지란! 그 때문이다! 다 그 때문에 그간 통째로 먹어도 백 번은 먹었을 중원을 먹지 못하고 빙빙 겉돌고 있었던 거다! 하다못해 혈가처럼 마교를 이탈하는 세력까지 나오고 말이다!"

그는 거짓말처럼 안색을 굳히며 덧붙여 강변했다.

"구심점은 없고, 다들 고만고만한 애들이 저마다 손만 뻗으면 자기 것으로 만들 수 있을 것 같으니까 서로 반목하며 뭉치지 못하고, 아니, 뭉칠 생각조차 하지 않고! 천마대제나 천마공자가 있을 때는 감히 그럴 엄두도 내지 못했던 것들이 말이다. 그러니 세상이 더 어지러워야 한다는 거다! 그래야 '아, 뜨거워라' 하며 생각이 바뀔 테니까!"

구겸은 이제야 알았다는 듯이 고개를 끄덕이며 물었다.

"그래서 무상이 칠공자의 뜻을 받들고 있다는 사실을 알면서도 모르는 척 그냥 넘어가 주신 겁니까? 세상이 더 어지럽기를 바라서요?"

혁련보는 부정하지 않았다.

"어디 무상뿐이겠느냐. 총단의 식구들 중에서 진심으로 이공자를 따르는 자는 채 절반도 되지 않는다. 다들 그저 이공자의 광기가 두려워서 감히 대놓고 등을 돌리지 못할 뿐이지. 그러고 보면 이공자가 아주 똑똑한 거지. 언제 어느 때고 얼마든지 돌변할 수 있는 광기를 내세워서, 그 공포로나마 총단을 지탱하고 있으니 말이다."

구겸은 습관처럼 거듭 고개를 끄덕이고 있다가 이내 조심스럽게 물었다.

"단주께서는 감당하기 어려운 혼란 속에 마왕들의 생각이 달라지면 이공자께서 그들을 통솔할 수 있는 구심점이 되리라고 보시는 거군요."

혁련보가 가만히 고개를 끄덕이는 것으로 인정하고는 이내 히죽 웃으며 대답했다.

"이공자는 말이다. 절대 천마공자의 아래가 아니다. 지금이야 자기 스스로 천마공자의 아래라는 과거의 틀에 갇혀서 본신의 능력을 제대로 발휘하지 못하고 있지만, 그 틀을 깨고 본신의 실력을 발휘한다면⋯⋯! 나는 장담한다! 이공자는 충분히 천마공자의 경지를 넘어설 수 있다!"

구겸은 씩 웃으며 맞장구를 치듯이 말했다.

"그렇게만 된다면 단주님의 자리는 실로 더할 나위 없이 견

고하게 다져지겠네요."

"어디 이르다 뿐이냐."

혁련보가 기꺼운 표정으로 잘라 말하며 크게 웃었다.

"그때야 비로소 일인지하, 만인지상(一人之下, 萬人之上)의 자리
가 내 것이 되는 거다! 실로 피눈물을, 독수신옹 어른을 내 손
으로 끌어내린 죄과를 보답 받는 것이지! 음하하하하……!"

구겸은 내심 고소를 금치 못했다.

지난날 마교총단의 전대 단주인 독수신옹이 지하뇌옥에 투
옥되는 당시, 혁련보가 얼마나 흐뭇한 미소를 감추려 애썼는지
를 그는 곁에서 똑똑히 지켜보았던 것이다.

하지만 이내 그의 입에서 나온 말은 수긍이었고, 축하였다.

"과연 그렇군요. 그때가 되면 수하가 기꺼이 술 한 잔 올리겠
습니다, 단주님!"

혁련보가 여태 온몸으로 보여 주던 기고만장함을 거짓말처
럼 지워 버리며 자못 냉정한 태도로 충고했다.

"너무 앞서가는 건 좋지 않다. 괜한 입방정으로 망친 일이 한
두 개라야 말이지. 돌다리도 두드리며 건너랬다고, 아직은 신중
에 신중을 더할 때이니, 어디 가서 절대 그런 소리 하지 마라."

구겸은 혁련보가 광기의 상징인 이공자만큼 변덕쟁이라는
것을 익히 잘 알고 있기 때문에 급히 정색하며 고개를 숙였다.

"옙! 명심 또 명심하겠습니다, 단주님!"

혁련보가 그제야 굳혔던 안색을 풀었다. 그리고 발길을 재촉

하다가 이내 문득 돌아보며 물었다.

"아참, 근데, 흑룡이라는 그놈이 어디서 기다린다고 했지?"

"섬서성 평리부(平利府) 외각에 자리한 은자림입니다."

은자림은 그 지역의 낭인시장을 뜻하는 강호무림의 속어이다.

놀랍게도 무림맹의 기습 공격에 아무런 대응을 하지 않고 쾌활림의 총단을 떠난 흑사자들의 대형 흑룡이 섬서성 남부 끝자락의 작은 도시인 평리부의 은자림에 있다는 것이다.

혁련보가 고개를 끄덕이자, 구겸은 즉시 앞으로 나섰다.

"제가 앞장서겠습니다!"

천외천의
주인

몽고의 발호 십칠 일째 날 오후

무림맹의 총단이 있는 하남성의 성도 정주부의 서쪽 외곽에 자리한 작은 객잔, 호아(護鵝)이었다.

비접 부약운이 혈검사영, 혈검우사 등과 함께 그곳으로 갔을 때, 설무백은 적지 않은 사람들과 객청에 둘러앉아서 무언가 심도 깊은 얘기를 나누고 있었다.

녹림도 총표파자인 산신군과 장강십팔타의 총타주 하백, 황하수로연맹의 부맹주 강상교, 혈뇌사야 등이 바로 그들이었다.

객잔을 통째로 빌린 듯 그들 이외의 사람들은 보이지 않았는데, 천하에 두려울 것이 없을 것 같던 부약운도 하나같이 쟁쟁한 그들 앞에서는 못내 적잖게 소침해졌다.

"여기에 있다는 연락을 받아서⋯⋯."

부약운이 슬며시 공수하며 말하는 참인데, 설무백의 곁에 앉아 있던 혈뇌사야가 문득 곱지 않게 일그러진 눈가로 혈검사영과 혈검우사를 쳐다보며 자리에서 일어났다.

　"팔이 왜 그 모양이냐?"

　혈검우사에게 하는 말이었다.

　그는 부러진 팔을 나름 티 나지 않게 붕대로 잘 감추었다고 생각했지만, 혈뇌사야의 눈에 바로 들킨 것이다.

　"조금 긁혔습니다. 아주 조금 긁힌 거예요. 하하하……!"

　혈검우사가 멋쩍게 웃으며 변명했다.

　혈뇌사야는 그게 아랑곳하지 않고 분노한 눈빛을 드러내며 그에게 다가갔다.

　"그래, 아주 조금 긁힌 그 팔 좀 어디 한번 보자."

　혈검우사가 당황하며 주춤주춤 뒤로 물러났다.

　혈검사영이 재빨리 나서서 그들 사이로 끼어들며 공수했다.

　"놈의 경지가 예상외로 대단했습니다. 지옥수라마수공의 경지가 팔 성에 달했더군요. 우리들로서는 놈을 잡기에 역부족이었습니다."

　혈뇌사야가 설명을 듣고 나자 오히려 분노를 더한 눈빛으로 혈검우사를 노려보았다.

　"사영의 경지는 내가 확인했고, 네게는 말만 들었지. 다만 네가 사영의 경지에 이르렀다면 지옥수라마수공의 경지가 팔 성이든 구 성이든 너희 둘이서 그놈을 하나를 잡지 못했을 리 없

천외천의
주인

다. 결국 우사, 네놈이 이 사부의 명을 어기고 일찍 패관수련을 깼다는 소리구나!"

혈검사영의 뒤로 물러나 있던 혈검우사가 그대로 털썩 무릎을 꿇으며 고개를 숙였다.

"주, 죽을죄를 지었습니다, 사부님! 제가 너무 답답한 나머지 그만……! 용서해 주십시오!"

"용서는 무슨……!"

혈뇌사야가 분노하며 일갈했다.

"죽을죄를 지었으면 죽어야지! 비켜라, 사영!"

혈검사영은 자리를 비키지 않고 고개를 숙였다.

"저도 알고 있었습니다. 알고서 사부님께 말씀드리지 않았으니 저의 죄도 결코 가볍지 않을 겁니다. 저부터 벌해 주십시오."

"오냐, 그러마!"

혈뇌사야가 싸늘하게 대꾸하며 두 팔을 걷어붙었다.

말처럼 정말로 죽이지는 않을 테지만, 어디 몇 군데 뼈는 부러트릴 것 같은 기세요, 태도였다.

그때 설무백이 나서며 말렸다.

"다른 사람들 앞에서 내 자식 때리는 거 아니에요. 게다가 나는 사제를 위하는 사형의 마음이 갸륵해서 정말 너무 보기 좋은데, 혈 노는 안 그래요?"

혈뇌사야가 잠시 분노에 가득 찬 눈으로 혈검사영과 혈검우사를 노려보다가 이내 돌아와서 본래의 자리에 앉으며 툴툴거렸다.

"애들을 너무 곱게 기르면 안 됩니다. 게다가 거짓말은 또 다른 거짓말을 낳지 않습니까, 고기도 먹어 본 놈이 많이 먹는다고, 그렇게 한 번, 두 번 거짓말이 쌓이다 보면 그게 당연하게 느껴져서 나중에는 그걸 탓하는 사람에게 오히려 반감을 가지게 되는 법입니다. 우사, 저놈을 보십시오. 경지를 속이고 나자, 상처까지 속이게 되지 않습니까. 그러니 애초에 싹을 자르고, 뿌리를 뽑아야 합니다!"

설무백은 지금 혈뇌사야가 전에 없이 필요 이상으로 흥분하며 나선 것도 모자라서 그의 말을 듣고 물러난 다음에도 못내 성에 차지 않아서 구시렁거리는 이유를 익히 잘 알고 있었다.

혈뇌사야는 전생의 그가 그렇듯 가장 가깝고 친하게 지내던 천사교주에게 배신당한 아픔이 뼈에 새겨져 있는 것이다.

그래서 그는 짐짓 무릎 꿇은 혈검우사를 매섭게 쳐다보며 한마디 경고를 해 주지 않을 수 없었다.

"들었지? 혈 노의 말에는 나도 동의한다. 그러니 아무리 사소한 일이라도 앞으로 한 번만 더 거짓을 고하면 그땐 혈 노보다 내가 먼저 나서서 추궁할 거다. 명심해!"

혈검우사가 쿵 소리가 나도록 바닥에 머리를 찧으며 대답했다.

"명심, 또 명심하겠습니다!"

설무백은 못내 슬쩍 혈뇌사야의 기색을 살폈다.

천외천의
주인

혈뇌사야는 기분이 조금은 풀어진 기색이었다.

설무백은 그제야 그들에게 사정을 물었다.

"이제 좀 얘기나 들어 보자. 어떻게 된 사정이야?"

혈검사영이 눈치껏 혈검우사의 뒷덜미 옷깃을 잡아끌었다.

혈검우사가 후다닥 일어나서 혈검사영의 곁에 시립했다.

그 바람에 떨어져 있던 부약운도 분위기에 휩쓸려서 그들의 곁에 시립하고 있었다.

혈검사영이 보고했다.

"주군의 말씀대로 놈이 역천강시를 빼돌렸더군요. 여덟 구모두 다 제거했습니다. 그런데 의외였습니다. 놈은 지옥수라마수공을 익혔고, 그 경지가 팔 성에 달했습니다."

설무백은 특유의 미온한 미소를 지었다.

"내 실수야. 거기까지는 미처 예상하지 못했네. 근데⋯⋯?"

그는 시선을 부약운에게 돌리며 물었다.

"당신도 그 자리에 함께 있었잖아? 설마 당신 아직도 아비의 절기인 사령십이파검(死靈十二破劍)이 경지에 이르지 못한 거야?"

"그게⋯⋯."

부약운은 얼굴을 붉히며 멋쩍은 표정으로 대답했다.

"그때 분위기가 좀 묘했어요. 다들 나보고 어서 피하라고 하고, 또 나도 그 자식이 하도 지저분한 모습으로 변해서 손을 나누기가 께름칙해서 얼떨결에 그냥 자리를 피했다는⋯⋯ 상황이 뭐 대충 그랬어요."

설무백은 내심 고소를 금치 못했다.

'그래도 명색이 여자라 이건가?'

더럽고 지저분하고 께름칙한 것은 손대기 싫어하는 것이 여자의 본성에 가깝지 않은가.

설무백이 짐작하기에 부약운은 아비인 사왕 부금도의 절기인 사령십이파검을 상당한 경지까지 수련했다.

그런 그녀가 함께 나섰다면 충분히 흑표를 처리할 수 있었을 터였다.

'아직 죽을 운명이 아닌 건가?'

흑표를 두고 하는 말이었다.

이유야 어찌됐든 부약운이 나서지 않는 바람에 그가 산 것이다.

"결국 잘못은 당신에게 있었던 거네. 내가 흑표에 대한 건을 일임한 건 당신이잖아. 저들은 그저 도움을 주라고 딸려 보낸 거고."

부약운이 순순히 자신의 실책을 인정했다.

"맞아요. 제 실책이에요."

그리고 덧붙여 말했다.

"만회하도록 할게요. 다행히 와중에 그자의 몸에 천리추종향을 뿌려 두었으니, 제가 책임지고 찾아내서 처리하도록 하죠."

설무백은 슬쩍 혈검사영과 혈검우사에게 시선을 주며 말했다.

"같이 책임져."

혈검사영과 혈검우사가 기꺼이 공수하며 대답했다.

"감사합니다!"

단순한 수긍이 아니라 감사를 표한 것은 이것이 그들을 위한 배려임을 알기 때문이다.

설무백은 지금 그들에게 은원을 해결할 기회를 제공한 것이다.

"그나저나……."

설무백은 이내 미간을 찌푸리며 다시 말했다.

"이로써 쾌활림의 총단에서 싸우지도 않고 빠져나간 자들의 향방이 더욱 애매해졌네. 지금으로서는 그게 사도진악의 명령인지 아니면 딴 살림을 차리려는 흑표의 소행인지 도통 감을 잡을 수가 없는 걸?"

산신군이 고개를 끄덕이는 것으로 수긍하며 말을 받았다.

"작금의 상황만 놓고 보면 그래도 흑표의 짓일 가능성이 높지 않나? 사전에 사도진악이 여차하면 총단을 버리라고 지시했을 수도 있다는 점은 납득한다고 쳐도, 최측근인 독심광의가 그 자리에 죽어 있는 건 설명이 안 되니까. 흑표라면 또 몰라도 말이야."

강상교가 고개를 끄덕이다가 다시 가로 지으며 말했다.

"제삼자의 가능성도 전혀 배제할 수 없지요. 사도진악에게 반감을 품고 배신을 도모한 자가 딱히 흑표만 있을 거라는 법은 없지 않겠습니까."

하백이 의문을 드러냈다.

"그런 가능성을 따지면 독심광의가 가장 높은데, 그는 이미 죽었고, 그다음에 누가 또 있을까?"

강상교가 대답했다.

"쾌활림의 요인들 중에서 당시 보이지 않던 자들을 의심해 봐야겠지요."

설무백은 슬쩍 고개를 돌려서 부약운을 바라보며 물었다.

"사실이 그렇다면 가장 유력한 인물이 누구일 것 같아? 그래도 그쪽은 같은 흑도인 당신이 가장 잘 알지 싶은데……?"

부약운이 묘하다는 표정을 지으며 대답했다.

"제 생각과는 많이 다르네요."

설무백은 고개를 갸웃거리며 물었다.

"흑표 이외에 다른 사람들 중에는 사도진악을 배신할 만한 자가 없다고 생각하는 거야?"

"아니요."

부약운이 고개를 저으며 잘라 말했다.

"가장 의심스러운 자가 아니라 가장 의심스럽지 않은 자를 찾아봐야 한다는 거예요, 내 말은. 만에 하나 흑표를 제외한 다른 누가 사도진악을 배신했다면 그건 사도진악이 일말의 의심도 없이 믿는 자일 가능성이 높지 않겠어요?"

그녀가 설무백과 혈뇌사야를 번갈아 보며 말을 덧붙였다.

"보통 다들 그런 사람에게 뒤통수를 맞잖아요."

잠시 장내에 정적이 흘렀다.

그녀의 말이 황당해서가 아니라 너무나도 옳았기 때문이다.

이윽고, 설무백이 침묵을 깨며 물었다.

"그런 인물이 누가 있을까?"

부약운이 잠시 생각하고 나서 대답했다.

"아무리 생각해 봐도 두 사람밖에 없어요. 근데, 그중의 한 사람은 이미 죽어 버렸네요."

"이미 죽은 자는 독심광의겠지?"

"예."

"그럼 나머지 하나는 누구야?"

"흑룡이요."

부약운은 힘주어 거듭 강변했다.

"흑사자들의 대형인 흑룡이야말로 사도진악이 가장 믿고 의지하는 사람이에요."

산신군이 말꼬리를 잡았다.

"흑룡이라는 그자는……?"

"알아요."

부약운이 말을 가로채며 부연했다.

"듣자 하니 조금 덜떨어져 보일 정도로 미욱한 구석이 있다죠? 일각에서는 그 때문에 사도진악이 그를 가장 믿는 거라는 말도 있고요. 근데, 그거야 실제는 누구도 모르는 거잖아요. 사람이 사람을 속이라고 작심하면 무슨 짓을 못하겠어요?"

다시금 모두가 침묵했다.

설무백이 침묵을 깨며 물었다.

"흑룡의 이름이 뭔지 아나? 흑룡이 되기 전의 이름 말이야."

부약운이 어색한 미소를 흘리며 대답했다.

"이름은 몰라요. 다만 얼핏 누군가에게 들은 얘기로는 과거 쾌활림에 오기 전에 낙양대협 여상(呂象)의 양자로 있었다고 했어요. 모종의 사태로 여상의 가문이 멸문지화를 당해서 길바닥에 나앉은 그를 쾌활림이 거두었다고 하더군요. 아, 그리고 보니 사도진악의 친위대라는 흑사자대는 거의 다 그런 식의 사람들로 구성되었다고 하네요. 다들 고아들이었다고요."

"아……!"

설무백은 그야말로 머리를 거대한 쇠뭉치로 한 대 맞은 것 같은 기분이 되어 버렸다.

낙양대협 여상은 그도 익히 잘 아는 인물이었다.

아니, 그저 아는 정도가 아니라 그에 대해서 매우 각별한 기억을 가지고 있었다.

과거 전생의 기억을 가지고 이생에 다시 태어난 그가 의부 설인보의 손에 거두어져서 바다를 건너 중원으로 들어올 때 함께 했던 아이들 중 하나를 양자로 거둔 사람이 바로 낙양대협 여상이기 때문이다.

'이게 대체……!'

무슨 말도 안 되는 운명의 장난이란 말인가.

이제 보니 흑룡은 과거 그 당시 그와 함께 바다를 건너온 네 명의 아이 중 하나였던 것이다.

'어쩌면 나와 운명이 바뀌었을 수도 있는 아이……!'

설무백은 실로 기분이 묘해져서 한동안 아무런 생각도 못한 채 넋이 나간 듯 멍하니 앉아 있었다.

"왜 그래요?"

부약운이 묘하다는 눈빛으로 설무백을 바라보며 묻고 있었다. 좌중의 모두가 그녀와 같은 표정과 눈빛이었다.

"아니, 그냥…… 뭐 좀 생각할 것이 있어서……."

설무백은 애써 마음을 다잡고 에둘러 대답하며 말문을 돌렸다.

"그보다, 얘기를 듣고 보니 그쪽 부분도 확인해 볼 필요성이 있네. 귀매, 네가 한번 파 볼래?"

어디에서나 늘 그렇듯 모습을 드러내지 않고 암중에 웅크리고 있던 귀매, 사사무가 특유의 심드렁한 목소리로 대답했다.

"예, 알겠습니다."

산신군과 하백, 강상교의 안색이 살짝 변했다.

그들도 누구 못지않게 내로라하는 초고수들이라 설무백의 곁에 보이지 않는 호위가 있다는 것쯤은 익히 파악하고 있었으나, 귀매의 위치는 전혀 파악하지 못하고 있었던 것이다.

마주 앉아 있던 하백이 자못 미간을 찌푸리며 투덜거렸다.

"넌 대체 저런 애들을 몇이나 데리고 다니는 거냐?"

"시덥지 않은 소리 말고……."

설무백은 대수롭지 않게 말을 자르며 본래 그들이 모여서 논의하던 안건으로 돌아갔다.

"어서 결정이나 해. 어떻게 할 거야?"

하백이 어깨를 으쓱하며 대답했다.

"난 찬성. 누가 뭐래도 최선의 방어는 공격이지."

설무백의 시선이 산신군과 강상교에게 돌아갔다.

그 시선에 반응해서 그들이 차례대로 말했다.

"나도 찬성."

"본인도 이의 없소."

설무백은 다시금 그들, 세 사람을 둘러보며 물었다.

"인원에 대한 것은?"

산신군이 먼저 대답했다.

"우리 쪽과 저쪽의 인원이 각기 오 할씩의 부담이라면 불만 없지. 아, 우리 쪽이라는 건 녹림맹만이 아니라 지금 이 자리에 있는 우리들을 말하는 거야."

하백이 맞장구를 쳤다.

"그게 좋지. 뭐든 공평한 게 좋으니까."

"본인도 찬성이오."

강상교가 우선 동의하고 나서 재우쳐 의문을 제기했다.

"다만 저쪽도 우리와 같은 생각일지 모르겠구려. 인원을 나

눈다는 게 기실 누가 주도권을 가지느냐의 문제로 대두될 수 있는 거 아니겠소. 한평생 우리네 세력을 도적놈들의 소굴로 보며 외면하고 멸시하며 살던 저쪽의 고상한 인물들이 과연 반반이라는 인원의 분할을 공평하다고 생각하겠소?"

설무백은 픽 웃으며 대꾸했다.

"직접 물어봐."

강상교가 어리둥절해했다.

그러다가 이내 깨달으며 안색이 변했다.

그들이 모인 객잔으로 접근하는 사람들이 있었다.

설무백은 그들의 기척을 그보다 먼저 감지한 것인데, 이내 대청의 문을 열고 안으로 들어서는 사람들은 무왕 석정을 중심으로 개편된 무림맹에서 부맹주로 추대된 산동대협 용수담과 신임총사 서문하를 비롯해서 이제는 아미속가제일인으로 정평난 빙녀 희여산과 소림의 숨겨진 고수인 정각, 화산파의 무허, 종남파의 기재인 무장천 등이었다.

'이 많은 사람이 접근하는데 그리도 조용했다니……!'

강상교는 자신의 감각이 설무백에게 미치지 못한다는 사실에 못내 불편했던 심정이 거짓말처럼 사라졌다.

그만이 아니라 산신군가 하백 등도 같은 기색이었다.

그때 용수담이 너털웃음을 터트리며 말했다.

"이거 이쪽이니 저쪽이니 하고 계시니, 어째 새로운 흑도천상회가 개파한 것처럼 느껴지는구려. 하하하……"

설무백은 와중에 그간 적조했던 서문하, 정각 등과 눈인사를 끝내며 자리를 권했다.

"내부의 알력이 없는 세력은 세상에 존재하지 않지요. 거사를 앞두고 다들 서로 잘해 보자고 하는 말이니, 고깝게 들지 마시고, 어서들 앉으시죠?"

용수담이 먼저 자리를 잡자, 나머지 사람들도 저마다 편한 자리를 찾아서 앉았다.

객청은 넓었지만, 모두가 한자리에 둘러앉을 수 있는 구조는 아니었기에 몇몇 사람들은 여기저기 흩어져서 앉아야 했기에 조금은 어수선한 분위기였다.

설무백은 그게 아랑곳하지 않고 바로 본론을 꺼냈다.

"어떻게 됐습니까?"

용수담이 사람 좋은 미소를 보이며 대답했다.

"여부가 있겠소. 다들 동의했소."

설무백은 만족한 미소로 화답했다.

당연히 그러리라고 생각하고 있었으면서도 막상 예상대로 되었다는 얘기를 듣자 더 없이 흡족했다.

용수담이 그런 그를 의미심장한 눈빛으로 바라보며 말을 더했다.

"단, 조건이 있소."

"조건이요?"

설무백은 절로 이맛살을 찌푸렸다.

"무슨 조건이죠?"

용수담이 말했다.

"설 공자가 무림맹의 태상호법 지위를 받아 주는 것과 이번 거사에 선봉으로 참가해 주길 바라고 있소. 물론 이는 맹주님 이하, 구대문파의 존장들과 명숙들이 모두 다 한 입으로 동의한 조건이오."

설무백은 고소를 금치 못했다.

그는 이내 안색을 바꾸며 말했다.

"우리 서로 너무 속보이게 잔머리 굴리고 그러지 말죠? 내친 김에 확실하게 말씀드리죠. 저를 태상호법이라는 명목으로 무림맹에 묶어 두려는 것은 거부합니다. 저는 풍잔을 거느리고 있는 것만으로도 항상 머릿속이 시끄러울 정도로 충분히 버거우니까요. 다만 이번 거사에는 당연히 선봉으로 나섭니다. 제가 제안한 거사에 제가 뒤로 빠진다는 건 말이 안 되는 일이죠. 이상, 끝!"

그는 힘주어 단호하게 부연했다.

"더는 드릴 말 없고, 다른 협상의 여지도 없습니다!"

용수담이 의외로 웃으며 고개를 끄덕였다.

"그럴 줄 알았소."

"……?"

설무백이 어리둥절해하는 참인데, 그가 바로 다시 말했다.

"본인 역시 첫 번째 조건은 너무 속이 보이는 거라 낯부끄럽기도 하고, 또 설 공자 성격에 당연히 거부하리라 보았소. 실제로 모든 분들을 향해 그렇게 말하기도 했고 말이오."

설무백은 실소했다.

"그러면서 그 얘기를 왜 듣고 온 겁니까?"

용수담이 어깨를 으쓱하며 대답했다.

"혹시나 해서 말이오. 너무 속이 들여다보이는 얘기이긴 하나, 정말로 그렇게 되면 좋겠다는 생각이 들어서 모르는 척하고 한번 찔러 본 거요."

"예……?"

설무백은 황당한 표정이 되었다.

역시나 세상에는 만만한 사람이 없다는 기분이 들었다.

용수담이 천연덕스럽게 웃으며 다시 말했다.

"아무튼, 거사 일정만 잡으면 되오. 다들 설 공자가 무림맹의 태상호법 자리는 거부할 것으로 알고 있으니 말이오."

설무백은 씩 따라 웃으며 대답했다.

"이제 보니 저도 한 가지 조건이 있었는데 깜빡했네요."

용수담이 사뭇 불안해진 눈초리로 바라보며 물었다.

"설마 본인의 말에 억하심정이 생겨서……?"

"당연히 그렇지요."

설무백은 짐짓 매정하게 잘라 말했다.

"주는 게 있으면 받는 것도 있어야지요."

용수담이 자못 울상을 지으며 사과했다.

"정말 그렇다면 본인이 얼마든지 사과를……!"

설무백은 피식 웃으며 말을 끊었다.

"아니요. 그게 아니라 애초부터 생각해 둔 건데, 정말로 깜빡한 겁니다. 다른 게 아니라 대원들이 결정되면 제가 직접 확인해 보고 싶습니다. 그들이 과연 중원무림을 대표할 자격이 있는 고수들인지 말입니다."

바로 표정이 바뀐 용수담이 기꺼운 태도로 확인했다.

"일천결사의 실력을 직접 확인해 보겠다는 거라면, 좋소! 당연히 나도 찬성이오! 설 공자가 공들여 추린 인원이라면 정말 믿을 수 있는 정예들일 테니까 말이오!"

설무백은 사뭇 정색하며 물었다.

"대원들을 추리는 데 어느 정도의 시간이 필요할 것 같습니까?"

용수담이 바로 대답했다.

"그렇지 않아도 확인해 봤소. 다들 본산의 제자들까지 불러 모아야 하는 관계로 인원을 선발하는 데만 빨라도 한 달 이상은 잡아야 할 것 같다고 하오."

"늦어도 한 달!"

설무백은 단호하게 잘라 말했다.

"그 이상의 시간을 끄는 건 불가합니다! 중원무림의 동향을 주시하는 저들의 눈이 아직도 사방에 깔려 있을 테니, 적어도 그래야 우리의 움직임이 저들의 귀에 들어가는 것과 동시에 저들의 본거지를 칠 수 있을 겁니다! 우리가 제아무리 극비리에 움직여도 저들의 눈에 띄지 않을 도리가 없을 테니까요!"

"알겠소, 늦어도 한 달! 내 당장 돌아가서 그리 알리겠소!"

용수담은 고개를 끄덕이며 힘주어 대답하고는 즉시 자리를 털고 일어났다.

그러다가 이내 깜빡했다는 듯 이마를 치며 다시 돌아서서 설무백을 향해 멋쩍게 웃었다.

"이런 정신머리를 보았나. 내가 내 말만 하느라 깜빡 잊어버리고 그냥 갈 뻔했구려."

자신과 동행한 서문하와 희여산 등을 두고 하는 말이었다.

"다름이 아니라, 다들 설 공자가 이들을 보자고 한 이유를 매우 궁금해하고 있소. 어째 전혀 일괄성이 없는 호출이라서 그런 것 같소. 솔직히 본인이 보기에도 그런데, 대체 무슨 이유인지 알려 줄 수 있겠소?"

그랬다.

기실 지금 용수담과 동행한 서문하 등은 바로 그가 모종의 이유로 부탁해서 호출한 사람들인 것이다.

그러나 설무백은 군이 이 자리에서 그 이유까지 밝히고 싶지 않았다. 분명히 언제고 알려질 일이지만, 적어도 그게 그의 입에서 나가는 것은 원치 않았다.

"그저 지극히 개인적인 일로 몇 가지 물어볼 것이 있어서입니다. 별일 아니니 그냥 그렇게만 전해 주세요."

용수담은 아무리 봐도 그의 말을 곧이곧대로 믿는 표정은 아니었으나, 그냥 수긍했다.

"알겠소. 그리 전하리다. 그럼 본인은 이만……!"

설무백은 그렇게 용수담이 돌아가자, 곧바로 서문하 등과 따로 자리를 마련했다.

자신의 그림자와 다름없는 공야무륵까지 내치고 그들, 다섯 명과만 함께한 그 자리에서 그는 사전에 준비한 책자를 꺼내서 그들에게 하나씩 나누어 주었다.

다들 이게 뭐지 하는 표정을 지으며 눈치를 보는 가운데, 서문하가 모두를 대표하듯 물었다.

"이게 뭔가?"

설무백은 내막을 말해 주었다.

"얼마 전 제가 모종의 이유로 황궁 서고에 들어간 적이 있었습니다. 그때 당시 거기서 제가 우연찮게 발견한 것들입니다. 다들 한번 살펴보십시오."

서문하가 황궁 서고라는 말에 이채로운 눈빛을 드러내며 자신의 앞에 놓인 책자를 들춰 보고는 실로 경악해서 말을 더듬었다.

"이, 이건……!"

희여산을 비롯해서 눈치를 보고 있던 다른 사람들도 그제야 자신들의 면전에 놓인 책자를 살펴보고는 저마다 서문하만큼이나 놀라고 당황했다.

그럴 수밖에 없는 것이, 저마다의 책자는 전부 다 그들 자파의 실절된 비기들이 적혀 있는 무공도보였기 때문이다.

설무백은 어쩔 줄 모르는 눈빛으로 바라보는 그들을 향해 가만히 웃는 낯으로 말했다.

"다른 뜻은 없고, 그저 본래의 주인에게 돌아가길 바라는 마음뿐이니, 그냥 가져가시면 됩니다. 참고로……."

그는 짐짓 은근한 어조로 말을 덧붙였다.

"오늘 이 자리에서는 아무런 일도 없었던 겁니다. 오늘 이 자리는 그저 제가 어디서 아무개에게 풍잔에 대한 좋지 못한 소리를 들었는데, 그걸 확인하는 자리였을 뿐입니다. 다들 무슨 말인지 아시겠죠?"

사실을 말하자면 이 얘기는 그가 아니라 서문하 등의 입에서 나와야 할 말이었다.

실전되었던 자파의 절기를 되찾았다는 소문이 나는 것은 그보다는 그들이 더욱 경계해야 할 일인 것이다.

서문하가 산전수전 다 겪은 노강호답게 그의 부탁 아닌 부탁을 다른 쪽으로 돌려서 대답했다.

"하긴, 황궁 서고는 가뜩이나 천추제일별부라는 이름이 붙었을 정도로 양상군자들의 도전을 부추기는 보고인데, 이런 물건들이 있다는 사실이 드러나면 정말 황궁으로서도 여러모로 골치 아파질 게야. 무엇보다도 설 공자가 황궁 서고에 들어갔었다는 얘기가 도는 것도 좋지 않고."

다른 이들에게 주지시키려는 의도로 보였다.

다만 설무백은 그가 그런 얘기를 하는 사이에 자신도 모르게 미간을 찌푸리고 있었다.

서문하의 말 때문이 아니었다.

그사이에 귀매 사사무가 전음으로 그에게 건넨 보고 때문이었다.

-주군, 급한 전갈입니다! 부친께서 황제의 부절을 받고 세외로 출정하셨답니다!

"그간 연전연승(連戰連勝)이었지요. 연일 전선에서 들려오는 승전보에 고취되어 너무 자만하고 있는 것이 아닌가 합니다. 그게 아니라면 작금의 시기에 북진이라니, 그것도 산맥이 중첩인 녕하(寧夏)를 가로질러서 몽고군의 본진이 자리한 호화호특(呼和浩特)으로 진격한다니, 이건 정말 가당치 않습니다. 아, 설장군님이 아니라 그분이 말입니다."

호아객잔의 삼 층에 있는 설무백의 거처였다.

사사무는 급히 서문하 등과의 자리를 파하고 마주한 설무백 앞에서 적잖게 격해진 감정을 드러내면서도 애써 황제를 그분으로 돌려서 말하는 예의는 잊지 않고 있었다.

"이건 명백한 그분의 오판입니다. 그간의 전승은 주군의 도

움이 있었기에 가능한 전과였습니다. 황군만으로는 어림도 없
지요. 그런데 이 시점에 무턱대고 적진을 가로질러서 적의 본진
을 친다?"

그는 머리가 떨어질게 걱정될 정도로 도리질을 하며 자신이
뱉어 낸 질문에 스스로 답했다.

"말도 안 됩니다. 절대 가당치 않은 일입니다. 가다가 매복에
당해서 무너지지 않는다면 그건 본진에서 맛나게 쌈 싸먹으려
는 적의 계획일 겁니다."

설무백은 입맛이 쓰다는 표정으로 그런 사사무의 강변을 부
정했다.

"아니, 그게 아냐."

"예?"

사사무가 어리둥절해하다가 물었다.

"설마 이번 출정이 설 장군님의 계획이라는 겁니까?"

"그게 아니라……."

설무백은 고개를 저으며 대꾸했다.

"그분이 자만하고 있다는 거. 그게 그런 게 아니라는 소리야."

사사무가 그게 무슨 말이냐는 듯 어리둥절한 표정으로 눈을
끔뻑이다가 이내 깨달은 듯 안색이 변해서 말했다.

"설마 주군을 의식하고……?"

설무백은 새삼 입맛이 쓰다는 표정으로 고개를 끄덕였다.

"아마도 그게 맞을 거야."

사사무가 황당해했다.

"정말요?"

"뭘 그리 놀라?"

"아니, 그게 아니라……!"

설무백은 눈총을 주었다.

"삼키지 말고 말해."

사사무가 그제야 말했다.

"오래전부터 몽골족이 시도 때도 없이 성벽을 넘어서 침입하는 북평을 홍천부의 지원을 받지 않고도 혼자서 별반 무리 없이 막아 냈을 정도의 무골이며, 성품도 대단히 호방해서 매사를 정면으로 돌파하는 분이라고 들었는데, 그게 잘못된 소문인 겁니까?"

설무백은 어색한 미소를 흘리며 대답했다.

"아니, 그런 사람 맞아. 황족답지 않게 무인의 기질이 다분해서 화살이 빗발치는 전장에서도 직접 선봉에 나서서 말을 갈아타며 싸울 만큼 실로 용맹하기도 하고 말이야."

"그런 분이 어찌 한입으로 두 말을……?"

"원래 그런 사람이야. 그런 쪽의 성격이 너무 지나치다고나 할까? 대충 삼국시대의 조조(曹操) 맹덕(孟德)을 빼다 박은 사람이야. 필요하다면 좋은 거 나쁜 거 가리지 않고, 당신 스스로도 여차하면 자존심 따위는 개나 줘 버리는 그런 성격의 사람인 거지."

사사무가 미간을 찌푸리며 말을 받았다.

"이렇게 말씀드리면 죄송하지만, 주군께서 좋게 말씀하셔서 그렇지, 나쁘게 말하면 그냥 막돼먹은 사람이라는 거 같은데요, 그건?"

설무백은 바로 부정했다.

"그렇게만 볼 건 아냐. 당신 사람은 또 당신 목숨만큼이나 소중히 여기는 사람이거든."

사사무가 헛웃음을 흘렸다.

"저는 잘 모르겠습니다. 주군께서 그렇다니 그러려니 하지만, 저는 그저 한마디로 모순덩어리라는 소리로 들립니다."

공야무륵이 불쑥 끼어들며 한마디 했다.

"내 귀엔 웅(雄)은 웅인데, 영웅은 아니라는 소리로 들리네."

설무백과 사사무가 이채로운 눈빛으로 쳐다보자, 그가 어색한 미소를 흘리며 부연했다.

"그 옛날 삼국의 조조를 그렇게 부르잖아요? 간웅(奸雄) 혹은 효웅(梟雄)이라고요."

공야무륵과 마찬가지로 내내 침묵한 채 그들의 대화를 경청하고 있던 혈뇌사야가 맞장구를 쳤다.

"과연 적당한 호칭이군."

설무백은 특유의 미온한 미소를 지으며 그들을 향해 말했다.

"명색이 의형인데, 간웅은 좀 듣기 거북하군. 효웅으로 하지."

공야무륵은 무심한 듯 시큰둥하게 대꾸했다.

"마음대로 하세요. 제가 정하는 것도 아닌데요, 뭐."

설무백이 웃어넘기자, 혈뇌사야가 자못 진중한 안색으로 변해서 한마디 조언했다.

"노파심일지도 모르겠지만, 사실이 그렇다면 조심하셔야겠습니다. 그 옛날 조조는 패자(覇者)로 우뚝 솟은 초세지걸(超世之傑)이라는 평가를 받으며 후한을 멸망시킨 난세의 간웅이자, 효웅이지만, 전장의 싸움과 무관하게 일반 백성들과 포로를 무자비하게 학살한 폭군으로도 유명하지 않습니까. 공자님께서 그런 사람을 의형으로 챙긴다니, 노복으로서는 못내 걱정이 됩니다."

"무슨 말인지는 알겠는데……."

설무백은 싱긋 웃으며 '그분' 바로 당금 황제 영락제에 대한 자신의 진심을 밝혔다.

"너무 걱정 마. 나도 그리 좋은 사람은 아니고, 무엇보다도 상대가 누구든 상대적인 마음으로 대하는 사람이니까. 상대가 열어 주는 마음의 선이 곧 내 내주는 마음의 선이기도 해서 적어도 혈 노의 우려처럼 뒤통수를 맞는 일은 없을 거야."

혈뇌사야가 고개를 갸웃했다.

"그분을 지금의 자리에 오르도록 도운 것이, 아니, 오르도록 한 것이 공자님이십니다. 그 정도면 있는 마음 없는 마음 다 준 거 아닌가요?"

설무백은 얘기가 점점 깊어지자, 잠시 뜸을 들이다가 대답해 주었다.

"나로 인해 그분이 지금의 자리에 오른 게 아니야. 그분은 그냥 내가 아니더라도 지금의 자리에 오를 인물이었어."

'역사가 그래'라는 말은 차마 할 수 없기에, 그는 은근슬쩍 다른 방향으로 말문을 돌렸다.

"작금의 세상에선 그분이 그 자리에 앉은 것이 가장 옳다는 게 또 내 생각이기도 하고."

혈뇌사야가 다행히 더 이상 따지거나 파고들지 않고 고개를 끄덕이며 수긍했다.

"노복 역시 아무래도 상관없습니다. 제가 받드는 분은 그분이 아니라 공자님이니까요."

설무백은 못내 이런 식으로 정리되는 것은 내키지 않았으나, 더는 언급하고 싶지 않아서 그냥 속으로 삭였다.

그때 사사무가 눈치껏 나서서 샛길로 빠진 대화를 바로잡았다.

"어쨌거나, 관과 무림은 서로가 서로에게 불가해의 영역이니, 몽고족은 그분이, 마교는 주군이 책임진다. 같이 또 따로, 라는 그분의 약속은 하나마나한 공염불이라는 소리네요. 의도적으로 주군의 개입을 설 장군님을 내세운 거니 말입니다."

설무백은 쩝쩝 입맛을 다시며 수긍했다.

"말했잖아. 필요하다면 좋은 거든 나쁜 거든 하는 분이라고."

사사무가 넌지시 다른 걸 물었다.

"그분은 그렇다 치고, 대체 설 장군님은 사전에 왜 그와 같은 사정을 주군께 알리지 않은 거죠? 그분의 속내를 모를 분이 아니시잖아요?"

설무백은 긴 한숨을 내쉬었다.

"그건 또 그분의 성격이시지. 당신이 선택한 분의 명령이니, 그 속에 어떤 다른 속셈이 있다는 것을 알아도 굳이 따지지 않고 그냥 받아들이시는 거지. 나름 내게 배려하신다고 사전에 알리지도 않고 말이야. 아니, 혹시나 내가 알까 봐 극비리에 서두르셨을 걸 아마?"

사사무가 이제야 알겠다는 표정으로 말을 받았다.

"정말 극비리에 움직이셨다고 합니다. 저는 그게 적의 간자를 우려한 일이라고 생각했는데, 이제 보니 그게 아니라 주군을 우려한 거였군요."

설무백은 오만상을 찡그리며 새삼 긴 한 숨을 내쉬었다.

"하여간, 골치 아픈 의형에 답답한 아비라니까."

사사무가 과연 그렇다는 듯 고개를 끄덕이며 넌지시 물었다.

"그래서 이제 어쩌실 겁니까?"

설무백은 거듭 긴 한숨을 내쉬며 말했다.

"어쩌긴 뭘 어쩌겠어? 나서지 않을 수 없는 계략에 빠졌으니, 나서 주는 게 도리지."

사사무가 즉각 우려를 표명했다.

"거사가 바로 코앞입니다만?"

"열흘이면 충분해."

설무백은 대수롭지 않게 대꾸하며 자리를 털고 일어났다.

그리고 뜨악한 표정을 짓는 사사무를 향해 피식 웃으며 덧붙였다.

"조금만 서두르면!"

사사무의 입장에선 대체 어떻게 조금만 서두르면 하남성의 중부에 자리한 정주부에서 저 먼 세외 지역인 호화호특까지 열흘 만에 다녀올 수 있는 것인지는 모르겠지만, 설무백은 그 자신의 말마따나 급히 서두르지 않았다.

자리를 털고 일어난 그는 곧바로 길을 나선 것이 아니라 무림맹으로 가서 점창파의 임시 장문인인 급풍쾌검 여진소를 만났다.

갈 때 가더라도 하던 일은 끝내고 가려는 생각이었다.

다른 사람들은 전혀 알 도리가 없지만, 바로 황궁 서고에서 발견한 점창파의 비기를 전해 주려는 것이다.

나름의 배려였다.

임시라고는 하나, 엄연히 일파의 장문인인 여진소를 무턱대고 오라 가라 할 수는 없어서 직접 찾아간 것에 불과했다.

물론 무림맹에 있는 여진소의 거처가 남궁유화의 거처와 고작 낮은 담 하나를 사이에 두고 있다는 것은 사전에 알고 있었지만, 이 층의 창가에 자리한 다탁에 앉아서 밖을 내다보니 마당에 나와서 흙장난을 하며 노는 남궁유화의 아들 소천의 모습이 눈에 들어온 것 역시 우연이었고 말이다.

　다만 그런 상황에 휩쓸려서 한눈을 팔고 있는 설무백의 태도와 무관하게 일파의 장문인인 여진소도 그가 건넨 비급을 확인하고는 서문하 등과 조금도 다름없는 반응을 보였다.

　"이, 이건……!"

　설무백은 놀라고 당황하는 여진소의 태도에도 불구하고 여전히 창밖을 응시하며, 정확히는 마당에 나와서 흙장난을 하고 있는 남궁유화의 아들 소천을 주시하며 지극히 사무적인 어조로 앞서 서문하 등에게 했던 말을 반복했다.

　"내가 우연찮은 사연으로 황궁 서고에 들어갔다가 발견한 거요. 다른 뜻은 없고, 그저 본래의 주인에게 돌아가길 바라는 마음뿐이니, 그냥 가져가면, 아니, 받으면 되오. 참고로, 오늘 우리는 그저 차 한 잔하며 세상 돌아가는 얘기나 한 것으로 합시다."

　여진소는 복잡 미묘한 감정이 뒤엉킨 눈빛으로 설무백을 바라보았다.

　마치 지금 말하는 설무백의 말이 진심인지 아닌지를 몰라서 확인하려고 애쓰는 듯한 눈빛이었다.

설무백은 그런 그의 태도와 무관하게 정말로 세상 돌아가는 얘기를 꺼냈고, 애매한 표정으로 대응하는 여진소의 말을 듣는 둥 마는 둥 하며 대화를 나누었다.

여진소는 내심 어딘지 모르게 전과 다르며 못내 건성건성 무성의해 보이는 그의 태도를 이해할 수 없었으나, 애써 내색을 삼가며 수하를 시켜서 차를 내오는 등, 나름 성의껏 응대했다.

성격은 급해도 예의를 모르지 않는 그의 입장에서는 실전된 자파의 비기를 찾아준 은인의 기분을 거스를 수 없었던 것이다.

그러나 설무백은 그때 본의 아니게 그럴 수밖에 없었다.

여진소와 대화를 나누는 한편으로 다른 사람과도 전음을 주고받고 있었기 때문이다.

바로 혈영이었다.

ㅡ어쩐 일로 주군께서 여기를⋯⋯?

ㅡ이 사람에게 전해 줄 물건이 있어서⋯⋯.

ㅡ그런 일은 다른 사람에게 시키셔도 되는⋯⋯?

ㅡ남몰래 직접 전해 줘야 하는 중요한 물건이야.

ㅡ그게 아니라 여진소의 거처가 어느 누구의 거처 옆이라는 사실을 아시고서⋯⋯?

ㅡ몰랐어. 우연이야.

ㅡ그렇군요. 그럼 남몰래 전해 줘야 하는 물건이라면서 굳이 창가에 앉으신 것은⋯⋯?

ㅡ날씨가 좋잖아.

-뭐 그렇다고 치죠. 하지만 지금 이 시간에 소천 도련님이 마당에 나와서 흙장난을 하는 것은 결코 우연이 아닙니다.

-무슨 소리야?

-무슨 소리긴요. 이역만리 타향에서 주군만을 생각하는 수하의 지고지순하고 갸륵한 정성이라는 소리지요.

-…….

설무백은 그러고도 한참이 지나서야 자리를 털고 일어나서 여진소에게 작별을 고하고 떠났다.

⚜

초저녁부터 북풍의 향기가 예사롭지 않더니, 끝내 바람이 거세가 불어왔다.

떼 지은 먹구름이 요란하게 꿈틀거리고, 푸른 번개가 연신 하늘과 땅을 가로질렀다.

폭풍우였다.

대지의 숲이 아우성치며 울고, 아름드리나무들이 크게 휘둘리며 잔가지를 떨어뜨렸다.

그 속에서 백의사내 하나가 요동치는 하늘과 땅을 관조하며 거대한 절벽을 마주하고 서 있었다.

호리호리한 체구에 훤칠한 신장, 어디서나 눈에 확 띌 정도로 빼어난 미공자.

바로 마교총단의 실세이자, 천마대제의 둘째 제자인 극락서생 악초군이었다.

휘이이잉—!

거세게 부는 바람이 그의 옷자락과 머리카락을 휘날리게 했다. 그럼에도 불구하고 그의 눈은 고요하고 담담하게 가라앉아 있었다.

사실을 말하자면 이게 진짜 그의 모습이었다.

그는 태어날 때부터 이랬다.

그 어떤 일을 무서운 일을 보고, 그 어떤 황당한 일을 당해도 늘 평정을 잃지 않았다.

매사에 변덕스럽고, 때로는 말도 안 되는 감정의 기복을 드러내며 광포하게 구는 것은 그가 아니었다.

그저 그가 의도적으로 혹은 습관적으로 저지르는 행동일 뿐이었다.

따라서 그는 사람들이 그런 자신을 두고 뒤에서 광자라고 수군대는 것도 모르지 않았다.

그는 그것을 즐겼다.

그건 그가 바라마지 않는 일이었다.

그는 다른 사람에게 도무지 속을 알 수 없는 사람이어야 했다. 상대가 그 누구든지 간에 속을 빤히 읽히는 것만큼 바보 같고, 위험한 일도 없다는 것이 변할 수 없는 그의 고정관념이기 때문이다.

천하의 그 누구도 그의 속을 몰라야 했다.

그래야 그 누구도 지배할 수 있었다.

그는 매사에 그처럼 철저한 사람이고, 또한 그만큼 자신감이 넘치는 사람이었다.

그는 상대가 천하의 그 누구든 지배받기 위해서가 아니라 지배하기 위해서 태어난 사람인 것이다.

그가 하늘이 노랗다고 하면 노란 것이다.

그가 땅이 물처럼 맑다고 하면 물처럼 맑은 것이다.

그가 실수로라도 천하의 극독을 꿀물이라고 했으면 상대는 천하의 극독을 꿀물처럼 맛나게 마셔야 하는 것이다.

자신의 실수를 인정하느니 차라리 그 자신도 그렇게 믿고 죽어 가는 상대를 지켜보며 시원하게 웃어 버릴 수 있는 사람이 바로 그라는 사람의 실체인 것이다.

다만 그도 익히 잘 알고 있었다.

힘과 능력이 받쳐 주지 않는 사람의 말보다 더 공허한 것은 없었다.

그래서 그는 천하의 그 누구보다도 더 적극적으로, 더 없이 꾸준하게 자신을 단련하고, 수련하는 데 실로 목숨을 걸었다.

오늘도, 바로 지금 이 순간도 그랬다.

늘 그렇듯 신공을 수련하고 기예를 닦느라 지난밤을 꼬박 지새웠고, 이제 그 결실을 보려하고 있었다.

아니, 정확히는 기대였다.

여태 단 한 번도 성공해 본 적이 없는 신공을 지난번의 그날처럼 오늘도 처음으로 시전해 보려는 것이다.

'오늘은 기필코!'

악초군은 마음을 다잡으며 검을 뽑아 들었다.

보통의 검보다 곱으로 넓은 폭과 길이를 가진 대검, 소리 소문도 없이 홀로 귀천한 사부, 천마대제의 유산 중 하나인 마검, 파천황(破天荒)이 검은 안개와도 같은 마기로 이글거렸다.

그리고 춤사위가 시작되었다.

검극이 움직이는 그 순간부터 살기 어린 서릿발이 사방을 뻗쳐 나가는 춤사위였다.

그 신랄한 서릿발 살기 아래 그의 전신으로 거칠게 휘몰아치던 바람이 잦아들었다.

한순간 그가 다른 공간으로 이동한 것 같은 느낌이었다.

드넓은 장내가 예리한 검풍과 짙은 검의 그림자로 가득 찼다.

패도적인 울림으로 부르짖고, 서리를 켜켜이 세워 놓은 듯 살벌한 검의 그림자였다.

그의 동작은 선녀처럼 아름답고 우아했으나, 그 손끝을 따라 움직이는 검극은 지옥의 핏빛 그림자처럼 파괴적인 살기를 뿌려 댔다.

한없이 뻗쳐 나가는 검기가 드넓은 장내를 한 치의 빈틈도 없이 가득 메우며 하늘을 찌르고 대지를 파괴했다.

파천왕이라는 마검의 이름으로 인해 마검파천황(魔劍破天荒)이라고도 불리는 마도 최고의 절기, 역대 마교주의 삼대비전 중 하나이며, 전적으로 파괴와 살인을 위한 절대의 마검법인 아수라파천무(阿修羅破天舞)였다.

그러던 한순간, 장내를 검붉은 빛으로 가득 채우던 마검 파천황이 그의 손을 떠났다.

그가 던진 것이 아니었다.

그가 손을 놓자 거칠고 파괴적인 빛의 향연을 즐기던 파천황이 마치 족쇄가 풀린 망아지처럼 스스로 펄떡이며 날아올랐고, 어지간한 사람의 눈으로도 도저히 따라갈 수 없는 속도로 그가 마주하고 있던 거대한 절벽을 강타했다.

꽈광―!

벼락이 치고 천둥이 울었다.

마검 파천황이 거대한 절벽을 강타하는 순간의 모습은 정말 그렇게 보였다.

그다음 순간, 절벽의 일각이 와르르 무너져 내렸다.

마검 파천황이 강타한 지점에서부터 거미줄처럼 사방팔방으로 쩍쩍 갈라진 거대한 균열이 원인이었다.

그러나 비산하는 돌조각과 구름처럼 일어나는 흙먼지를 뚫고 돌아온 마검 파천황을 회수하는 악초군의 안색은 그다지 좋지 않았다.

실로 경천동지할 위력을 선보이고도 실망이 가득한 표정이었다.

그럴 수밖에 없었다.

오늘도 실패였다.

아수라파천무의 최후절초인 파천(破天)을 완벽히 구현해 내지 못했다.

파천이 완벽히 구현되었다면 저 절벽의 중동은 저따위로 힘 없이 갈라지는 게 아니라 폭죽처럼 터지며 모래처럼 흘러내려야 했다.

과거 그가 사부인 천마대제의 선택을 받았을 당시에 그의 면전에서 시연한 사부의 파천은 그처럼 가공할 신위를 보였었다.

"젠장……!"

악초군은 절로 욕설을 뱉어 내며 피가 나도록 입술을 깨물었다.

천마신공(天魔神功)이, 이른바 천마불사심공(天魔不死心功)이 칠성의 경지에 접어들어서 오늘은 가능하리라고 기대했는데, 분하게도 실패한 것이다.

여전히 뒷심이 부족했다.

정확히는 아직도 내공이 모자랐다.

아수라파천무의 마지막 행로로 접어들어서 파천을 펼치는 순간, 전신의 기가 바다에 흘러드는 강물처럼 너무도 빠르게 고갈되는 바람에 날아가는 파천황을 끝까지 밀어붙일 수가 없었다.

십 갑자를 넘긴 공력임에도 불구하고 여전히 파천을 시전하

천외천의
주인

기에는 역부족이었던 것이다.

"아직도 부족하다는 거냐! 아직도!"

거듭 분노를 표출하던 그는 이내 실없는 사람처럼 피식 웃어 버렸다.

실패로 인한 상심과 분노는 매우 컸지만, 그만큼 얻은 것도 적지 않았다.

그간 항상 공력이 달리는 바람에 파천을 펼치기에 앞서 그쳤었다.

비록 적잖게 버거웠고, 완벽하진 않았어도 파천을 펼친 것은 오늘이 처음인 것이다.

'결국 천마신공을 대성해야 무리 없이 펼칠 수 있다는 소리군.'

악초군은 그렇게 납득하고 수긍했다.

욕심도 많고, 야망도 크지만 포기도 빠른 사람이 그였다.

물론 다른 사람이 강제하는 것이 아니라 그 자신 스스로가 선택하는 것이라면 말이다.

게다가 지금은 화를 낼 때가 아니었다.

지금 그가 화를 내는 것은 다른 사람 앞에서 본심을 드러내는 것이었기 때문이다.

마침 누군가 그의 곁으로 다가오고 있었다.

"무슨 일이냐?"

악초군은 그대로 서서 돌아보지도 않고 물었다.

"일악입니다."

역시나 마교총단에서 그가 거느린 열세 마리 악마, 십삼악(十三惡)의 대형인 일악(一惡)이었다.

악초군은 습관적으로 짜증을 부렸다.

"내가 지금 너인지 모르고 묻는 것 같으냐?"

악초군은 역시나 의도적으로 짜증을 부렸다.

평소 내색은 삼가고 있으나, 그가 아는 마교는 천하의 그 어떤 세력과 비교 불가일 정도로 강했다.

과거 마교의 서혈인 마교혈맹록의 말석에 등재된 마인이 강호무림의 초특급 고수보다도 강했다는 사실을 굳이 언급하지 않아도 그랬다.

이제 막 자라나는 젊은 마인들조차 지금 당장 강호무림에 나서도 능히 일가를 꾸릴 수 있을 정도였다.

그리고 그가 거느린 십삼악은 그 속에서도 특출해서 하나같이 전대의 뜻을 따르는 작금의 마왕들을 능가하는 실력자로 성장할 수 있는 저력을 가진 자들이었다.

그런 자들에게 자신의 본색을 드러내는 일은 절대로 없어야 했다.

그가 그렇듯 그들도 언제나 더 높은 위로 올라갈 길만 쳐다보며 사는 마인들이기 때문이다.

일악이 사과했다.

"죄송합니다."

진심이 아니라 형식적인 사과로 보였다.

악초군은 그것으로 만족했다.

십삼악의 대형인 일악은 그가 그 정도는 능히 허용해 줄 용의가 있을 정도까지는 신임하는 사람이었다.

"그래서 용무는?"

"홍마귀가 돌아왔습니다."

홍마귀는 마교총단 내부에서 일부 사람들이 알게 모르게 단주인 홍인마수 혁련보를 부르는 호칭이었다.

당연하게도 좋은 의미로 부르는 호칭이 아니었는데, 당사자인 혁련보가 그것을 알고도 전혀 개의치 않는 까닭에 이제는 대놓고 그렇게 부르는 사람이 적지 않았고, 악초군도 그중의 한 사람이었다.

그러나 악초군은 냉정하게 지적했다.

개의치 않는다는 것이 싫어하지 않는다는 뜻은 아니었다.

혁련보는 그의 측근이기 이전에 그가 필요로 하는 사람 중의 하나이니만큼 챙겨 줄 필요가 있었다.

"내가 홍마귀라고 부른다고 너도 홍마귀라고 부르는 거냐?"

일악은 평소 지나치게 말이 없을 정도로 과묵한 사람이긴 했으나, 눈치는 빨랐다.

"죄송합니다. 시정하겠습니다."

악초군은 만족했다.

그는 잘잘못을 따지기에 앞서 무조건 수긍하고 따르는 사람이 좋았다.

그래서 그는 내친김에 한마디 해 주었다.

"나는 언젠가 마교의 진정한 대종사가 될 거다. 그건 실로 의심의 여지가 없는 일이고, 나 자신 스스로 냉정하게 판단해 봐도 천마대제라 불리시던 사부보다 더 잘해 나갈 자신이 있다. 그때 내 곁에서 같이 복락을 누리고 싶으면 입이든 내 최측근답게 입이든 몸이든 잘 단속해라. 백 개 중에 아흔아홉 개를 받았어도 하나를 받지 못하면 화가 나는 게 나라는 사람이니까."

일악이 바로 깊이 고개를 숙이며 대답했다.

"명심하겠습니다."

악초군은 그제야 만족한 미소를 지으며 물었다.

"그래, 흥마귀는 지금 어디에 있나?"

일악이 대답했다.

"지존각(至尊閣)에서 지존을 청하고 있습니다."

"그래?"

악초군은 바로 발길을 옮겼다.

"청하면 봐야지. 과연 얼마나 흥미로운 일들을 가지고 왔는지 자못 기대가 되는군그래."

일각이 말하는 지존각은 고풍스럽게 지어진 아담한 전각이었다.

본디 작금의 마교총단이 머무는 장소는 하서회랑의 중심인 주천부에서 가장 부호로 알려진 손장자(孫長子)의 장원이었다.

손장자와 그 식솔들을 적당히 일부는 죽이고, 일부는 내친 다음에 장원을 차지한 것인데, 지존각은 바로 그 악초군의 거처이던 전각이며, 지금은 악초군이 거처로 쓰고 있었다.

"사별삼일이면 괄목상대라는 말이 있긴 하지만, 이공자는 그 범주를 넘어서는구려. 어찌 또 그새 이리도 기도가 헌앙해지셨소, 그래?"

악초군은 입바른 소리까지 건네는 혁련보의 인사를 받는 둥 마는 둥 하고는 바로 본론으로 들어가서 물었다.

"그래서 결과는요?"

혁련보가 자못 난감한 표정을 지으며 대답했다.

"이거 정말 무안하게 되었소. 아무래도 전날 본인이 이공자 앞에서 너무 설레발을 친 것 같소. 믿었던 사도진악이 하필이면 이 시점에 수하의 배신으로 이군고안(離群孤雁)의 신세가 되었지 뭐요."

악초군은 잠시 뜸을 들이며 혁련보를 바라보다가 이내 씩 웃으며 말했다.

"말로만 무안해하는 것을 보니, 그래도 그냥 빈손으로 오지는 않은 모양이군요."

"역시 이공자의 눈은 속일 수가 없다니까."

혁련보가 의미심장한 미소를 지으며 대꾸하고는 이내 대청의 밖으로 시선을 돌렸다.

"들어오시게나."

대청의 문이 열리며 한 사람이 안으로 들어왔다.

챙이 넓은 방립을 깊게 눌러 쓰고 쓴 건장한 사내였다.

그가 방립을 뒤로 젖혀서 얼굴을 드러내며 악초군을 향해 정중히 공수했다.

"흑룡이라고 합니다!"

악초군과 흑룡의 대면은 짧고 간단하게 끝났다.

나름 복심을 가지고 흑룡을 데려온 혁련보의 입장에선 매우 아쉬운 일이었으나, 기본적으로 악초군의 관심은 흑룡에게 있지 않았기 때문에 벌어진 일이었다.

혁련보는 그와 같은 사실을 간단한 인사 끝에 눈치껏 흑룡을 내보낸 다음 알 수 있었다.

"사도진악 그자는 어떻게 됐소?"

"그냥 두고 왔소이다. 어리석은 자라면 정신없이 내달려서 돌아가고 있을 테고, 제법 머리가 빠릿빠릿하게 돌아가는 자라면 반노노의 소매를 붙잡고 늘어지며 다른 역적모의를 하고 있으리라 보오."

대답을 하고 나서야 혁련보는 내심 '이건가?' 하고 눈치를 챘다.

그가 아는 악초군은 아무런 이유 없이 집 쫓겨난 개꼴인 자에게 관심을 둘 인물이 아니었다.

아니나 다를까, 악초군이 잠시 뜸을 들이다가 이내 여지를 두는 듯한 혼잣말을 중얼거렸다.

"반 늙은이라면 둘 중 하나를 선택할 테지. 그 자리에서 죽여 없애거나, 아직도 당신 곁에는 내가 있다는 식으로 위로하며 돌려보내거나. 약간의 여지를 두는 거지."

혼잣말이라지만 혁련보에게 들으라는 소리였다.

그는 곧바로 혁련보에게 자신의 뜻을 전하는 것으로 그것을 대변했다.

"살아 있으면 내게 데려오시오. 반 늙은이가 죽이지 않았다면 아직도 그만큼은 쓸모가 있다는 뜻일 테니까."

혁련보는 살짝 이맛살을 찌푸렸다.

기실 그는 진작부터 칠공자과 붙어먹던 유명노조 반노노를 마교총단의 무상으로 중용한 악초군의 속셈이 이런 식으로 써먹으려 함이라는 것을 익히 잘 알고 있었다.

소위 적을 멀리 두지 않고 오히려 가까이 둬서 살피며 이용한다는 식이었다.

그런 면에서 볼 때, 지금 악초군의 결정은 조금 애매했다. 아니, 상당히 이상했다.

반노노가 내치지 않은 자를 중용한다는 것은 반노노를 이용한다는 면도 있지만, 그만큼 반노노를 믿는다는 의중이 포함되어 있다고 느껴졌기 때문이다.

못내 그 저의가 궁금해진 그는 넌지시 찔러 보았다.

"하라면 하겠소만, 굳이 그럴 필요까지 있나 싶구려."

이에 악초군이 대뜸 입가에 미소를 그리더니 칼처럼 날카로운 눈빛을 드러냈다.

"왜 그러지? 하라면 하겠다면서 굳이 귓속 시끄럽게 사족은 왜 붙이는 거야? 예의를 갖춰서 대우를 해 주니까 이제 내가 그리도 만만하게 보인다는 건가?"

혁련보는 내심 아차 싶었다.

악초군의 눈빛이 시리도록 차갑게 변해 있었다.

눈이 돌아가기 직전인 것이다.

"그럴 리가 있겠소."

그는 말로나마 바로 납작 엎드렸다.

매사에 제멋대로인 이 미치광이 애송이의 비위를 맞추어 주는 것은 배려심을 타고난 그의 장기였다.

"본인은 다만 이공자를 위하는 마음에서 하는 말이외다. 사도진악을 불러들이면 이공자께서 그간 공들인 반노노와의 관계가 애매질 것이 아니겠소. 아직 제대로 이용해 먹지도 못했는데, 그래도 괜찮겠냐는 것이오."

악초군이 입가에 떠올랐던 미소가 살짝 변화했다.

부상하던 광기가 누그러지는 모습이었다.

역시나 곧바로 흘러나온 말투가 본래로 돌아갔다.

"그건 걱정하지 않아도 되오. 나와 그치의 관계는 어차피 서로 알면서 속고 속이는 사이니까. 혁련 단주가 여태 그것도 파악하지 못하고 있었다니, 정말 의외구려."

파악하지 못한 것이 아니었다.

진즉부터 이미 파악하고 있었으나, 지금과 같은 사태에 써먹으려고 내색을 삼가고 있었을 뿐이었다.

하지만 아주 몰랐다고 하면 그건 또 그것대로 의심을 받을 여지가 있으니, 적당히 알은척을 해서 구슬리는 것이 좋았다.

"허허, 역시 그랬구려. 사실 내내 그게 마음에 걸려서 이공자에게 물어볼 기회만 엿보고 있었다오. 허허허……!"

통한 것 같았다.

여전히 치솟은 광기의 잔재가 남아 있던 악초군의 눈빛이 부드럽게 가라앉았다.

이어서 화제를 돌리는 그의 말투도 그랬다.

"아무튼, 나는 사태가 그 지경이 되었는데도 반노노가 손을 쓰지 않았다는 것은 단지 여전히 쓸모가 있기 때문만도 아니라고 생각하오."

"또 뭐가 더 있는 것이오?"

혁련보는 바로 되물으며 지대한 관심을 보이는 눈빛을 드러냈다. 당연하게도 작정하고 꾸민 짓이었다.

누구든 자신만 알고 있는 것에 지대한 관심을 보이면 상대에게 호감이 생기는 한편으로 만만하게 보이기 마련이었다.

매사에 악초군의 호감을 잃지 않으면서도 매우 만만히 보이길 바라는 것이 그의 진정한 속내였다.

과연 악초군이 못내 눈에 띄게 기꺼워진 표정으로 변해서 말해 주었다.

"그자가 강해서일 수도 있소. 적어도 반노노가 쉽게 손을 쓸 수 없을 정도로 말이오."

"아……!"

혁련보는 정말 예상치도 못한 사실을 들은 사람처럼 감탄하며 고개를 끄덕였다.

물론 이 또한 가식이었다.

실제의 그는 내심 악초군의 생각을 대번에 부정해 버렸다.

그는 직접 사도진악을 만나 본 사람이었고, 그런 그의 눈에 들어온 사도진악은 범상치 않았으나, 그렇다고 각별해 보이는 구석도 없는 인물이었기 때문이다.

그러나 바보가 아닌 다음에야 어찌 지금 그걸 내색할 수 있을 것인가. 아니, 그건 바보도 하지 않을 짓이었다.

"과연 그럴 수도 있겠소. 허허, 그것 참……! 내가 그자를 만났을 때 이공자와 같은 생각을 했었더라면 좋았을 뻔했소. 그럼 보다 자세히 그자를 살펴보았을 것 아니오."

악초군이 대수롭지 않게 손을 내저었다.

"아니, 됐소. 그 정도로 대단한 인물일 거라는 소리는 아니고, 그저 적당히 이용해 먹을 수 있을 정도의 인물은 될 거라는 소리니까. 아무튼, 그건 그렇고……."

그가 말문을 돌렸다.

"떠버리들의 분위기는 어떻소?"

"……?"

혁련보는 절로 고개를 갸웃했다.

지금 악초군이 말하는 떠버리들이 바로 작금의 마교를 구성하는 세력들인 삼전오문구종의 주인들을 지칭한다는 것을 몰라서가 아니었다.

난데없이 그들의 분위기를 묻는 저의를 이해할 수 없었다.

"무슨 분위기를 말하는 건지……?"

악초군이 당연한 것을 다 묻고 있다는 식으로 웃으며 대꾸했다.

"무림맹의 기습 공격으로 천사교가 개박살 나지 않았소. 듣자 하니 천사교주는 꽁지가 빠지게 도망치는 바람에 목숨은 건졌지만, 그간 그가 심혈을 기울여서 마련한 중원의 기반이 위태롭다고 하던데, 떠버리들 사이에서 그를 두고 말들이 많을 것 아니오."

"……!"

혁련보는 실로 본의 아니게 한 방 맞은 것 같은 기분이 되어 버렸다.

내색을 삼가려 애썼으나, 절로 마른침을 삼켰을 정도였다.

무림맹의 공격으로 천사교의 총단이 무너진 것은 불과 며칠 전의 일이었고, 그는 아직 제대로 보고도 하지 않았다.

수하들이 보고하려는 것도 그가 막았었다.

그런 중대 사안을 다른 사람에게 맡길 그가 아니었다.

그런데 악초군은 이미 알고 있는 것이다.

"왜 그러시오?"

악초군이 자못 의아하다는 표정으로 바라보며 재우쳐 말했다.

"원래는 천사교주를 만나려고 했으나, 사태가 그 지경이 되는 바람에 상대를 사도진악으로 바꾼 거잖소? 나는 단주가 그런 것이라 알고 있었소만……? 그게 아니었소?"

혁련보는 새삼 마른침을 삼켰다.

앞서보다 더한 충격이 그의 심장을 직격하고 있었다.

앞서의 사태는 그저 보고를 하지 않은 것이지만, 지금 이 말은 그의 속내와 더불어 일거수일투족을 손바닥처럼 들여다보고 있다는 뜻이었기 때문이다.

그는 실로 사력을 다한 정신력을 발휘해서 마음을 다잡으며 어색하나마 미소를 꾸몄다.

여기서 흐트러진 모습을 드러내는 것은 섶을 지고 불길로 뛰어드는 것과 다름없음을 직감한 까닭이었다.

"이런 이공자도 벌써 알고 계셨소? 본인은 또 그것도 모르고 나름 신중한답시고 보다 자세한 정황을 수집하고 있었소이다. 아무려나, 그게 워낙 졸지에 벌어진 일이라 아직은 주변의 동향까지는 살피지 못했소. 조만간 세세하게 파악해서 보고드릴 테니, 기다려 주길 바라오."

죽어라 마음을 다잡으며 말을 더듬지 않으려고 사력을 다한 보람이 있었다.

악초군이 부드럽게 웃는 낯으로 고개를 끄덕이며 수긍했다.

"알겠소. 뭐든 성급해서 좋을 건 없으니, 느긋하게 기다리겠소."

혁련보는 그다음에 얼른 무언가 다른 말이라도 해야 한다고 생각하면서도 선뜻 할 말이 없었다.

머리가 복잡해져서 도무지 아무런 생각도, 말도 떠오르지 않고 있었다.

그때 실로 하늘이 그를 도왔다.

뜻하지 않은 구원자가 나타난 것이다.

"악지산 장문인이 방문하셨습니다."

대청의 밖에서 들려온 악초군의 친위대장인 낭리사의 목소리였다.

그 뒤로 악초군의 허락이 떨어지기도 전에 대청의 문이 열리며 천산파의 장문인인 악지산이 안으로 들어섰다.

"뭐가 이리 까다로운 게요? 마교총단 내에 이 늙은이조차 허락을 받아야 곳이 있는 건 너무 심하지 않소?"

악지산은 멋대로 문을 열고 안으로 들어서는 것도 부족해서 기분 나쁘다는 듯이 툴툴거리고 있었다.

악초군 앞에서 그럴 수 있는 사람은 세상천지에 그밖에 없을 터였다.

그도 그럴 것이, 악지산은 천산파의 전대 장문인이요, 천산 제일인이기 이전에 악초군의 조부이기 때문이다.

그나마 그가 하대를 하지 않는 건 손자인 악초군이 가진 마교총단에서의 입지를 고려한 배려일 것이었다.

"애들이 저를 위한답시고 과잉 충성을 하느라 그러는 거니 너무 서운하게 생각하지 마세요."

악초군은 반가운 기색으로 일어나서 악지산을 맞이했다.

악지산은 혼자가 아니었다.

그의 뒤에는 천산파의 오인장로 중 하나인 라난 솔룽가가 따르고 있었다.

악초군은 그도 알은척을 하며 자리를 권했다.

"솔룽가 장로님도 오셨군요. 그간 적조했습니다. 어서들 그리 앉으세요."

혁련보는 누구도 알은척을 하지 않아서 졸지에 꿔다 놓은 보릿자루 신세가 되었으나, 전혀 상관하지 않았다.

오히려 위기의 순간에 나타난 그들에게 내심 고마워하며 자리를 뜨려고 준비했다.

그들의 사이에 자신의 자리는 없다는 것을 그는 익히 잘 알고 있었다.

그런데 미처 그가 작별을 고하기도 전에 상황이 묘하게 돌아갔다.

악지산이 손자인 악초군이 권하는 자리에 앉지 않았다.

하물며 라난 솔룽가도 그대로 서 있었다.

악초군이 대번에 분위기를 파악하며 말했다.

"무슨 일인지는 모르겠지만, 그냥 말씀하셔도 됩니다. 믿을 만한 소손의 조력자니까요."

혁련보를 두고 하는 말이었다.

악지산과 라난 솔룽가는 자리에 앉을 여유도 없는 긴한 말을 앞두고 혁련보의 눈치를 보았던 것이다.

악지산이 그제야 가만히 고개를 끄덕이며 말문을 열었다.

"다름이 아니라, 자네의 도움이 필요한 일이 생겼네."

악초군이 물었다.

"무슨 일인데 이리도 뜸을 들이십니까? 다른 건 괘념치 마시고 어서 말씀해 보십시오."

악지산이 그래도 못내 신경이 쓰이는지 혁련보를 일별하고 나서야 말했다.

"중원의 황제가 군사를 동원해서 세외를 노리네. 벌써 장성을 넘어서 호화호특을 향해 진군 중일세."

악초군이 웃는 낯으로 물었다.

"단지 그들이 걱정돼서는 아니겠지요?"

"그야 물론이지."

악지산이 잘라 말했다.

"아무래도 저들의 이번 출정에는 모종의 내막이 도사리고 있다는 것이 대칸 아르게이의 급한 전갈일세."

악초군의 미소가 의미심장하게 변했다.

그는 무슨 말인지 알겠다는 듯, 그래서 정말 의외라는 듯 묘한 미소를 지은 채 라난 솔룽가를 주시하며 말했다.

"중원의 무림인들이 동원되었다고 보는 겁니까?"

악지산이 바로 인정했다.

"정확하네. 황군은 미끼에 불과하다고, 진짜는 배후에 따를 중원무림인들이라고 생각하더군."

악초군은 보란 듯이 고개를 갸웃거리며 의문을 드러냈다.

"한데, 그게 문제가 되나요? 칠제가 있지 않습니까. 아르게이는 소손보다 칠제와 더 가깝게 지내는 것으로 아는데요?"

칠제, 바로 작금의 마교에서 악초군과 대척점에 있는 칠공자, 벽안옥룡 야율적봉을 말함이었다.

악지산이 당연히 그런 말이 나올 줄 알았다는 듯 대번에 불편한 기색을 드러냈다.

"집안일은 집안일이고, 밖의 일은 밖의 일일세. 작은 생각으로 큰일을 망치는 우를 범하지 말게나."

악초군은 아무 표정 변화 없이 물었다.

"칠제도 같은 생각인가요?"

"그야 물론이지."

악지산이 잘라 말했다.

"중원 천하를 가진다는 대의가 우선이니, 밥그릇 싸움은 나

중으로 미루자고 하다군. 그 아이도 아르게이가 무너지면 향후
의 전국이 매우 어렵게 돌아가리라는 것을 아는 게야."

악초군이 웃었다.

"칠제가 많이 컸네요."

그는 의미심장한 미소를 지으며 잠시 뜸을 들이다가 무언가
스스로 납득한 듯 고개를 끄덕였다.

그리고 이내 악지산과 라난 솔롱가를 번갈아 보며 활짝 웃는
낯으로 말했다.

"알겠습니다. 제가 그래도 명색이 사형인데 사제보다 속 좁게
굴 수는 없지요."

악지산은 웃었고, 라난 솔롱가도 만족한 표정이었다.

그들의 대화는 그것으로 끝이었다.

그날 저녁 바로 마교총단의 일천마군이 동원되었다.

세외로 넘어가는 그들의 선두는 전에 없이 나선 마교총단의
실세인 천마이공자, 극락서생 악초군이었다.

다음 권으로 이어집니다

꿈의 도약, 로크에서 하십시오
(주)로크미디어에서 신인 작가를 모십니다

즐거운 세상, 로크미디어는 꿈을 사랑하고 도전을 두려워하지 않는 작가 분들의 참신한 작품을 기다리고 있습니다. 21세기 장르 문학계를 이끌어 갈 차세대 선두 주자 (주)로크미디어에서 여러분의 나래를 활짝 펴 보시길 바랍니다.

모집 분야 판타지와 무협을 포함한 장르 문학
모집 대상 아마추어 작가, 인터넷 작가
모집 기한 수시 모집
작품 접수 시 유의 사항
1. 파일명은 작가명_작품명.hwp형식을 갖춰 주십시오.
1. 파일에 들어갈 내용은 다음과 같습니다.
    - 성명(필명인 경우 실명을 밝혀 주세요), 연락처, 이메일 주소
    - 제목, 기획 의도
    - A4용지 1장 분량의 등장인물 소개
    - A4용지 2장 분량의 전체 줄거리
    - 본문
1. 작품이 인터넷에 연재되고 있다면, 게시판명과 사이트의 구체적이고 정확한 주소를 기재해 주십시오.

선택된 작품은 정식 계약 후 출판물로 간행되어 전국 서점에 유통됩니다.
작가 분은 (주)로크미디어의 전폭적인 지원하에 전속 작가로 활동하시게 됩니다.
※ 자세한 내용은 로크미디어 홈페이지(rokmedia.com)를 참조하세요.

(04167)서울시 마포구 마포대로 45 일진빌딩 6층
(주)로크미디어 편집부 신간 기획 담당자 앞
전화 : 02) 3273-5135
www.rokmedia.com   이메일 : rokmedia@empas.com